母校

柴剑虹 著

浙江古籍出版社

图书在版编目（CIP）数据

母校 / 柴剑虹著 . -- 杭州：浙江古籍出版社，2023.10

ISBN 978-7-5540-2720-2

Ⅰ . ①母… Ⅱ . ①柴… Ⅲ . ①回忆录—中国—当代 Ⅳ . ① I251

中国国家版本馆 CIP 数据核字（2023）第 184617 号

母 校

柴剑虹　著

出版发行	浙江古籍出版社
	（杭州体育场路 347 号　电话：0571-85068292）
网　　址	https://zjgj.zjcbcm.com
责任编辑	张　莹
封面设计	吴思璐
责任校对	吴颖胤
责任印务	楼浩凯
照　　排	浙江大千时代文化传媒有限公司
印　　刷	浙江海虹彩色印务有限公司
开　　本	880mm×1230mm　1/32
印　　张	6.625
字　　数	150 千字
版　　次	2023 年 10 月第 1 版
印　　次	2023 年 10 月第 1 次印刷
书　　号	ISBN 978-7-5540-2720-2
定　　价	55.00 元

如发现印装质量问题，影响阅读，请与本社市场营销部联系调换。

目 录 Contents

1	引 言
001	**杭州市私立普化小学**
001	钱塘门外白沙街
005	昭庆寺普化小学
011	借读吴兴县菱湖镇小学
013	**杭州市第一中学（杭高）**
013	杭高源流
016	我的杭一中六年学习生活
017	我们的老师
022	课堂以外

039   同窗业绩

042   余　韵

045 **北京师范大学（本科生阶段）**

048   进校第一课

049   陈垣校长和程今吾书记

051   师大中文系本科教学的老师们

059   写作训练

061   公共课教学

066   参加"社会主义教育运动"

069   参加八达岭西拨子林场的植树劳动

075   参加国庆节游行仪仗队

077   联欢会与师大合唱队活动

078   京郊延庆教学实习

080   一波三折的毕业分配

084	**乌鲁木齐市第十九中学**
084	进疆第一乐章
090	正式成立乌鲁木齐市第十九中学
093	学工学农学军
096	军宣队和工宣队
098	上公开课与"反复辟""反潮流"
100	田径队训练
102	战天斗地青年渠
105	十九中的学生和老师们
110	新的一页
115	报考北师大研究生
117	**北京师范大学（研究生阶段）**
117	考研复试与入学
119	我们的课程
123	启功先生讲课与多方指导
127	到南开大学中文系听课

128		外出学术考察
130		学位论文的写作与答辩
135	**结　语**	
137	**附　录**	
137		【一】张抗抗：难以缄默
145		【二】柴剑虹：中华书局中的"杭高人"
166		【三】柴剑虹：乌鲁木齐十九中的学生们
182		【四】佚名：柴老师和他的学生
185		【五】柴剑虹：咱们心连心
		——十九中宣传队纪念册代序
190		【六】柴剑虹：听戈宝权谈《阿凡提的故事》
197		【七】伤　逝

引 言 Introduction

"母校"一词，不见于我国古代典籍，《辞源》《辞海》等大型辞书亦均未收词条，也并非外来词语；当代商务印书馆的《古今汉语词典》和《现代汉语词典》列有词条，解释为学子曾经毕业和学习的学校，未说明辞源。据我的推测，此词应该从我们中华传统文化中的"母教"引申而来。据传为西汉刘向（前77—前7）所撰《列女传·邹孟轲母》中曰："孟子之母，教化列分。处子择艺，使从大伦。子学不进，断机示焉。子遂成德，为当世冠。"因此后世即以"母教"称道母亲对于子女的良好教育。人们将各种学校教育比喻为慈母般的教诲，于是便产生了"母校"一词。由此可见学校在培育人才过程中的重要地位。

我曾经就读过的母校有杭州市普化小学、杭州市第一中学（杭高）和北京师范大学；尊"教学相长"的古训，我将曾经任教的新疆乌鲁木齐市第十九中学和市红专学校（乌鲁木齐市教师进修学院、市教育学院前身）也列入我的母校之中。这本小书，即追叙我在这几所母校中学习、工作、生活的一些片断，虽聊为人到晚年的忆旧之作，兴许亦能为研究现当代教育史的学者及对学校教学改革和社会实践有兴趣者提供星星点点的参考资料。

Hangzhou Puhua Private Primary School

杭州市私立普化小学

- 钱塘门外白沙街

我家祖居在杭州市临近西湖东侧的钱塘门外圣塘桥河下白沙街。这是一条东西向不足百米长的小街,我家门对着西湖圣塘桥泄洪口,这泄洪口流出一条旧河道,对岸即是唐代大诗人白居易《钱塘湖春行》中所咏的"最爱湖东行不足,绿杨阴里白沙堤",正是白氏做刺史时所修筑的河堤,故街以堤命名。我读初中时,河道上建起了一座"少年水电站",开闸放水时水电站的灯光闪耀,为这个古老的堤岸增添了生气。前些年文旅部门又在湖畔建了一座"圣塘闸亭",展贴了白居易于唐长庆四年(824)所撰写的《钱塘湖石记》全文,有助于今人了解西湖历史文化,也证实了今天西湖上的白堤(原名断桥堤),则是后人为纪念他疏湖筑堤的功绩而托名;这也可使我们对白沙街所蕴含的历史文化内涵有所了解。遗憾的是前些年,城市有关部门的缺乏文化修养的主政官员,居然主观地将白沙街改名为从里西湖延长而来的北山街了!

我少年时,白沙街临河一侧是铁路子弟小学的围墙,另一侧为住家,我家祖居为二层土木建筑,大约始建于清咸丰年间,已十分破旧,标1、2门牌号:1号住大伯母及子女,我与弟妹随父母亲、

母 校

白沙街我家老房子

白沙堤旁少年水电站旧貌

祖母及四叔一家住2号。3号是原先一位我们不知姓名的资本家的花园洋房,新中国成立后成为省级机关干部寓所。

我家和依傍西湖的昭庆寺遗址仅有一百多米的直线距离,原先中间隔着一条寺前的商业街,坐落着各种商铺,我记忆中还比较热闹。大概是在20世纪50年代末,政府部门将昭庆寺改造为杭州市少年宫,商街拆除填平,成为广场;寺前有数百年树龄的两棵香樟树还保留下来,只是因填高铺设广场的缘故,半截树干已埋入地面之下了。

昭庆律寺,据文献记载为吴越王钱镠始建于五代后晋天福元年(936)或宋乾德五年(967),曾以戒坛等佛教文物著名,历遭火灾,屡废屡建,民国初期仍香火旺盛;1929年7月杭州举办首届西湖博览会期间,因放焰火酿成火灾又被焚毁,几成废寺;新中国成立前,国民党军队还在寺内设立过征兵处(2004年冬我到台南成功大学讲学时,遇到一位国民党退伍老兵,他说就是在这个征兵处入伍的)。但大约也正是在这个时间,杭州佛教界在寺院东侧开办了一所学校——我就读的母校普化小学。

1949年5月3日杭州解放。我的父母亲要离开杭州到吴兴县菱湖丝厂工作(政府将菱湖丝厂统编为浙江制丝二厂,我曾看到由当时省领导谭震林、谭启龙签发任命我父亲为该厂技术副厂长的委任书),我随祖母留在白沙街生活,祖母念佛,普化小学又离家近在咫尺,走路几分钟可到,于是在1949年秋天,刚5岁多的我进了"普化小学"读书。

母　校

我在白沙街老房子门前

西湖圣塘闸亭

- 昭庆寺普化小学

后来得知，"普化小学"是杭州佛教界办的一所"私立学校"，附近老百姓均习称之为昭庆寺小学，其正式校名为"私立普化小学"——"普化"者，可以有"普度众生"和"普及文化"的双重含义。本来，按中国的传统教育体制来分类，如佛教寺院所办，应该是区别于官办（公立）、民办（私立）的一所"寺学"学校。但当时昭庆寺已无僧侣，恐怕也无香火，应该不是寺院所办；是否当时由非公办组织的"杭州佛教会"借地办学也不得而知（公办的"杭州佛教协会"1956年才正式成立）。普化小学的源流沿革，我未能细究。后来得知，我上学期间（1949—1955）的校长李家应女士（1910—1960），是著名画家徐悲鸿先生挚友孙多慈女史之大学同窗密友（孙于1934年冬所绘李家应画像，后编入中华书局1936年出版的12开线装本《孙多慈描集》），早

普化小学李家应校长照片

孙多慈绘李家应像

母 校

年毕业于南京中央大学社会系，抗战时期参加筹建战时儿童保育会浙江分会，担任第一保育院院长，因护幼避难劳苦功高，抗战胜利后曾获国民政府颁发的抗战胜利勋章（据说第一次公布的名单中妇女只有宋美龄、熊芷、李家应三人获此勋章）。1949年5月杭州解放后，她被派往浙江干校学习，后在杭州佛教会任干事，大约也同时兼任我们的小学校长。我至今还保存着由她亲笔签署的初小、高小毕业证书（1944年，我出生在自杭州南下躲避日寇途中的金华，籍贯填的是"金华"）。但李校长之前的履历，我们当时是全然不知的。李校长1958年转入佛教会一家附属工厂工作，困难时期的1960年，本来就体弱的李校长因营养不足而患病去世，英年早逝，令人痛惜。据说我刚进校时的校长是1949年还俗的释芝峰法师，俗名石鸣珂（1901—1971）。我入学时，因为年幼，对石校长毫无印象。20世纪70年代末，我到北京广济寺拜访中国佛协副会长巨赞法师时，他告诉我石居士20世纪50年代初进京负责《现代佛学》杂志编务，他精通佛学，著述甚多，"文革"时期遭受迫害，1971年底在湖北荆门县病逝。

普化小学校舍范围很小，应是对原寺院钟楼附近的厢房略加改造而成，好像只有两三间教室。我们读初小时（1—4年级）上课在复式班教室（四个年级用同一间教室），由一位老师给不同年级学生分别讲课，教室旁边还悬挂着一架铸了经文的铁钟。上、下课除了校工摇铃外，还可以听悬挂在教室旁的撞钟声。琅琅书声伴着洪亮的梵钟声回旋在寺院旁，也冲击着幼小的心灵。只是我们用的都是国家颁发的新课本，课程中并无宣讲佛教文化知识的内容，也从未让我们到旁边已经关闭的寺院殿堂朝拜、游览；我们的老师中应

普化小学老同学探望王蕴玉老师（1978年）

该没有一位佛教徒，学生均来自附近的平民百姓之家。但是昭庆寺久远历史形成的肃穆环境，以及偶尔会出现在寺院周边挎着"朝山进香"布袋的虔诚信众的身影，还是会影响我们这些年幼的学生。我想，也许就是从那时起，此生开始与佛教及佛教文化结缘。

小学阶段我印象最深的是王蕴玉老师。因为我年幼个子又小，坐在课桌椅子上写字困难，王老师便常常抱着我写字——这是我毕

母　校

业20多年后去西湖小学看望王老师时，她跟我讲的，其他老同学对此也有记忆，我自己却全然忘记了。但她上课时亲切和蔼的形象和略带杭州以外地区的方音，却长存于我们的脑海之中。因为校内还有一位年龄稍大的黄老师，杭州话王、黄不分，大家称之"大王老师"，蕴玉老师便自然被学生们称作"小王老师"。我在普化小学读书的具体内容早已"忘记"——其实都是全市统一的语文、算术、自然、地理、音乐教材中的初级知识，已经成为我所掌握的文化知识的基础部分；据我中学时代日记本中的简单记录，小学里其他老师还有沈静安、舒士容、金慈舟、方起仲、咸槐三、童传耀、杨起元等几位。其中舒士容老师的慈善面容与舒缓语调，咸槐三老师教课时的严厉而耐心，也都给我留下了深刻的印象。日记本中记录的小学同学名字有：蒋更祥、邵玉美、陈美娟、龚永根、俞阿兔、刘明扬、沈宝深、邵品榴、郭淑敏、梁爱珍、闻美英、徐瑞林、徐国庆、陈子涛、周中京、张守权、韩国红、洪文仙、管金花、姚吉娜、耿美立、蒋银瑞、金宝珍等。蕴玉老师的女儿好像比我大一两岁，也在本校读书，名字记不得了。我印象很深的，是老师们操持家务的生活区就在教室附近的客堂里，大多用煤油炉炒菜、煮饭，共用一个自来水龙头，条件很艰苦。

课堂学习之外，在初、高小阶段我印象深刻的事有三件：一是1953年3月5日，苏联领导人斯大林逝世；几天之后（3月9日），学校老师带领我们到离校不远处位于里西湖宝石山下的"大礼堂"参加追悼会，生平第一次聆听了庄严的《国际歌》歌声和低回的哀乐，看到镶着黑边的斯大林相框，至于主持举办追悼会的是哪个单位，会上讲了些什么，则毫无记忆了。后来得知，那天在杭州人民大会

少先队员时（1955年）　　　　我考初中时的准考证

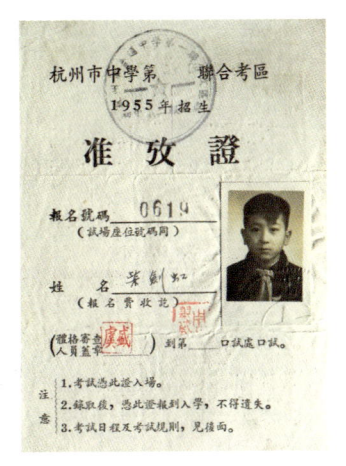

堂举办了"浙江省暨杭州市各界人民追悼伟大革命导师斯大林逝世大会"，我们参加的则是各区分会场的追悼活动。二是有一学期的假日，学校组织我们到附近的农村去郊游——那时叫"远足"，其实也就是到现今著名的西溪湿地一带，并不很远；可是那天天公不作美，在傍晚时分下起大雨来，老师就带领我们进入路边一间似乎是祠堂的空房子躲避，至天色漆黑雨还未停，大家继续等待；这时俞阿兔同学的家人不见孩子回家，心里焦急，就让他的一位姐姐打伞往我们郊游的方向去寻，不料因天黑路滑，他姐姐跌入水塘不幸溺亡。此事给学校师生造成的惊骇和给阿兔一家带来的悲痛是难以叙说的。俞阿兔同学中学毕业后进入华丰造纸厂工作，改名俞锦彪，后又支援湖南办造纸厂到岳阳落户，据悉每次回杭探亲都要到姐姐坟前扫墓。另一件令我难忘的事是1955年元旦（我高小毕业那年），我加入了中国少年先锋队，并且在学校的新年联欢会上戴着红领巾，

母 校

20世纪三四十年代时昭庆寺门前旧貌

少年宫（昭庆寺新貌，摄于2021年）

和沈宝深同学合演了一出情节简单的小话剧，这应该是我头一回上台（其实就在空地上，学校没有舞台）演出；沈颇有文艺才能，后来成为江西人民广播电台著名的播音员。

- 借读吴兴县菱湖镇小学

需要说明的是，大约是在我初小四年级上学期时，曾到吴兴县菱湖镇小学借读了大半个学期，学校靠近父母工作的浙江制丝二厂，又临近大运河。有一天下午，我和小伙伴因河边风景的吸引和工厂俱乐部游乐设施的诱惑逃课，落在教室里的书包被同学送回家了，因而受到父亲的责打，未读完一学期，又被转回杭州到普化小学上课了。所以，在菱湖小学读书的具体情形已经没有记忆了，倒是有几个小片断在脑海里留下印象：一是工厂旁有一座拱形的安澜桥，桥上常有一些大人和孩子从桥上往河里跳水嬉戏，在当时还不会游泳的我看来，既羡慕又刺激；二是有一天晚上走过工厂一个房间的窗外，恰好听见我父亲在里边唱到电影《上甘岭》的插曲《我的祖国》中"若是那豺狼来了，迎接它的有猎枪！"这一句，这恐怕是在漫长岁月里我听到父亲唱歌唯一的一回；三是当时在工厂工作的一男一女两位复员军人给我留下的印象：男的叫钱淦昌，是抗美援朝作战中受伤归来的"残疾军人"，他给我讲作战故事，鼓励我好好读书，还和我及另一位同学一起到菱湖镇照相馆合影留念（照片至今还保存着）；女的（不记得姓名了）是志愿军原文工团团员，她教会了我唱《新疆好》这首歌，也许这成了我与"我们新疆好地

母　校

普化小学高小毕业证书

方"结缘的开端。

我在普化小学毕业若干年后，听说小学校舍因火灾受损，就搬迁到附近的宝石山下二弄，并正式改制、改名为"公立断桥小学"。因为20世纪60年代初我已经到北京上大学，只在暑期短暂地回过杭州，也没有去过断桥小学校址。"文革"初期我回杭州时，却听说王蕴玉老师因家庭出身问题被"造反派"强行遣送回老家接受"劳动改造"了！粉碎"四人帮"后，她得以重返教学岗位，到位于曙光路的历史悠久的模范学校西湖小学任教；1978年春，我和几位老同学去看望她并合影留念；她不但还能一一叫出我们这些20多年前老学生的姓名，而且能细述当时我们中各人的学习状况，又十分关切地询问我们后来的学习、生活、工作情况。谈及普化小学往事，大家都感慨不已。

Hangzhou No.1 Middle School（Hangzhou High School）

杭州市
第一中学
（杭高）

　　1955年夏，我小学毕业，在同学俞阿兔（后改名俞锦彪）的鼓动下，报考了当时全省招生、杭州最好的中学杭州市第一中学（简称"杭一中"，后恢复原"杭高"校名），事先也没有顾得上跟在外地工作的父母商量；后来普化小学的同学们谈起，都觉得我们这些当时最不起眼的私立小学毕业生，去报考省立名校，真有点"冒险"。但幸运的是我和俞阿兔、蒋更祥等六七位普化小学的同学都考取了，成为杭一中1955级初中学生。其实，这也从一个侧面说明了普化小学的教学水平和我们的努力；有的同学说：兴许也有佛祖与菩萨的护佑。

・ 杭高源流

　　杭一中的前身是清光绪二十五年（1899）由杭州知府、教育家林启（1839—1900）创设于原杭州大方伯街圆通寺内的"养正书塾"；1901年，清政府颁布《兴学诏》，令各省将书院改设学堂，养正书塾遂改名为杭州府中学堂。清光绪三十二年（1906）五月，浙江巡抚张曾奉准将明、清两代时期的杭州府贡院旧址改建为"浙江官立

母 校

杭高校门口（摄于2021年）

两级师范学堂"。清宣统三年（1911），杭州府中学堂更名为浙江省立第一中学堂。1923年，两级师范学堂与第一中学堂两校合并成为"浙江省立第一中学校"；1928年，改称"浙江省立第一中学"；1929年，成立"浙江省立高级中学"；1933年，改名为"浙江省立杭州高级中学"；1937年，抗日战争爆发后，学校迁至丽水，与杭嘉湖地区内迁的浙江省立杭州初级中学、浙江省立杭州女子中学、浙江省立嘉兴中学、浙江省立湖州中学、浙江省立民众实验学校，组成浙江省立临时联合中学（简称"联中"）。1945年抗战胜利后迁回杭州贡院校址。1951年，杭州市立中学并入，并改名为"浙江省杭州市第一中学";1988年3月,正式复名"浙江省杭州高级中学"(简称"杭高")。我们读书时的杭一中校舍,基本为浙江两级师范学堂时的建筑规模,据说系根据日本明治维新后引进当地的一所新式师范学校的图纸仿建,有五进二层楼房,分别用作办公楼、教学楼、学生及教工宿舍楼,另有大礼堂、科学馆、室外运动场、室内健身房,还有范围不小的"后花园"。

截至2015年1月,浙江省杭州高级中学校内拥有"一苑一墙一井"(贡苑、浮雕墙、贡院古井)、"三园三室三亭"(亨颐园、养正园、树人园、校史陈列馆、鲁迅纪念室、校友文库,贡院碑亭、叔同亭、鲁迅亭)等,集自然、科学和人文景观为一身,融历史与现代为一体,成为杭州这座历史文化名城中一处独特亮丽、底蕴丰厚的人文景区,为"浙江省文化建设示范点"。

据不完全统计,120余年间,在杭高任职的教员和就读的学子有7万多人,从鲁迅、沈钧儒、经亨颐、马叙伦、蒋梦龄、陈望道、施存统、宣中华、陈叔通、叶圣陶、夏丏尊、李叔同、丰子恺、陈建功、张宗祥、方豪(椒新,系五四运动时期北大学生领袖,与历史学家方豪同名)、徐志摩、郁达夫、朱自清、柔石、俞平伯、潘天寿、许钦文、郑天挺、金庸、华君武到王维澄、蒋筑英、洪雪飞、卢展工、李兰娟、张抗抗等,师生中文化界、政界名人辈出,徐匡迪等50多位院士、科技英才荟萃,被誉为"浙江新文化运动中心""科技精英启航之港湾"。也是缘分,我从1981年秋季起到中华书局做编辑工作,退休后特别关切"杭高人"对中国现代出版事业的奉献,曾撰写《中华书局中的"杭高人"》一文叙述,刊登于《中国出版史研究》杂志,特附录于本书后,此不赘述。

母 校

· 我的杭一中六年学习生活

杭一中初中阶段三年，前两年半我是"走读生"——每天从白沙街穿过大街小巷来回要走约8华里（4千米）路。开始几个学期是早晨在家匆匆吃了早饭后去上学；中午吃带的午餐或在学校食堂搭伙；后来就干脆三餐基本都在学校食堂吃，可以在教室里上早、晚自习课。初三下学期我开始成为住校生了；初中毕业后又免试"保送"升入本校高中，继续住校学习，一直到1961年夏天高中毕业。

我在杭一中六年间的学校生活，似可用这样几句话概括：师资雄厚、生源优良、教学设施较为齐备；注重文化基础知识循序渐进而扎实的学习和技能训练；课外兴趣小组活动丰富多彩、自由活泼；参加校外劳动与政治运动印象深刻。

下面简单回忆相关的人与事。

首先要提及学校的崔东伯老校长（1898—1987）。这位1924年毕业于东南大学的高才生，一生从事中等数学教学的教育家，曾几次谢辞浙江大学等高校的聘请，从1933—1976年在母校任教43年。他于1942—1946年任联高、杭高校长，后曾因支持学生的爱国、民主运动而被免职。我在校时，印象最深的是，他作为副校长，每一次全校集会，都要在讲台上振臂高呼："要发扬杭高的优良传统！"当时的师生们都清楚，这个传统就是不拘一格、尽心尽力为国家培养人才，弘扬优秀传统文化。这和后来提出的杭高校训"科学　民主　求真　创新"，以及"四高五强"的育人目标（即德行高尚、志趣高远、学问高深、品位高雅；家国意识强、人文精神强、科学思维强、身体素质强、学科修养强）是完全一致的。我感觉当

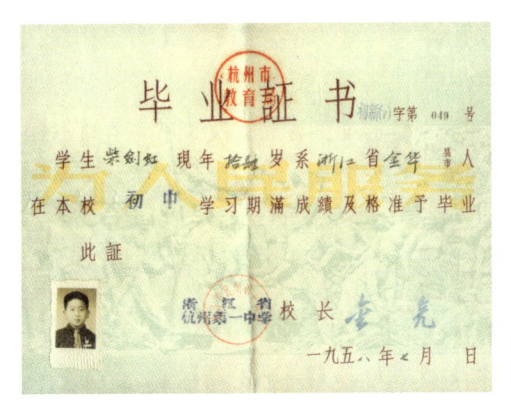

杭一中初中毕业证书　　杭高校园内的崔校长塑像

时的校长金亮（1912—1997）、书记邢经书（1926—2012）对崔校长的教育理念也是很认同的。学校教导处的负责人周桂玉老师、商育辛老师（她丈夫也是杭高校友，1939年曾在碧湖联中掀起反压制、求民主的学潮）在我们眼中也都是既严格又慈爱的"老革命"。我上学期间，学校虽然也经历了"大鸣大放""反右"等政治运动，但校园风气相对较为平正、和顺，社会普遍认可当时学校的教学质量在全省乃至全国中学界是首屈一指的。

· 我们的老师

师资是办学的支柱，是教书育人的核心力量。我感觉母校的课堂教学安排最大的特点是重视基础知识的传授，文、理、数、外、体都十分重视，注意全面推进，决不偏科。如果拿现在的标准衡量，

母 校

这些任课老师都应该是学识扎实深厚、教学方法良好的好老师。初中阶段，教我班语文的张柳生、陈士辑二位老师，不仅善于结合课文讲解语文基础知识，而且重视古诗文朗读及作文训练。在同学眼里，张老先生有点学究气，古文功底扎实，侧重读、写训练；陈老师则略显"新派"，对课文的思想内容和写作特色的讲解比较充分。（据章荣庆学兄告知：陈士辑老师因与陈果夫、陈立夫有亲属关系，1957年即被下放至老余杭中学，后又被贬到附近的舟枕乡中学教书，早已去世。）有一个学期正赶上试行汉语课本单独教学，尽管听说教师们有不同意见，但又正好可以增加语言基础知识的教学课时，有利有弊。到了高中阶段，学校继续试行"教师专业化教育"的教学改革，语文教研室也尝试由擅长不同题材、体裁课文的老师分别讲授相关课程。如我们高三时的班主任曹文趣老师原在党校任教，擅长论说文的讲解，就由他到各班教政论文。我至今犹记得他在教《论合理密植》一文时深入浅出的生动比喻。2001年，作为特级教师和杭州中教界杰出代表的曹老师，在浙江古籍出版社出版了他的语文教学论文选集《喜看桃李闹春风》，命我撰序，我在《春风化雨润心田》一文中写了自己的些许感受。兹将其中开头两段文字摘录如下：

> 可以说，我从1955年考入杭一中后就开始感受到了这所江南名校特殊的文化氛围，并因受其深厚学术渊薮的浸润与教养而受益无穷。其中，语文教学的作用是不可低估的。中学六年，教过我们语文的老师有七八位，虽然当时我的头脑里还没有（或不能有）"名师出高徒"的想法，但的的确确认为有这些老师

来为我们教课，是学子们的幸运。当然，用今天较为流行的话来说，亦是一种"缘分"。这七八位老师都如鲁迅先生儿时"三味书屋"的老先生般地认真而严厉，都讲求语文基础知识的积累和基本功的训练，而在教学上也都有自己的"拿手好戏"，并且不墨守成规。曹文趣老师最擅长讲议论文。众所周知，在中学语文教学中，议论文是最不好讲的，往往引不起学生的兴趣。曹老师却能讲得生动活泼，让大家在"爱听"的情绪里接受了知识，提高了写作能力，这是很不容易的。

  曹老师的课讲得好，原因很多，我感到其中最重要的有两条：第一，因为他自己就是写文章（尤其是写议论文）的高手，能将自己写文章的心得与作为范文的课文结合起来，不是游离于外，照本宣科，而是将自己的真切体会满怀感情地告诉学生，在理解课文的基础上跳出课本，起到举一反三、牢固掌握的效果。我至今还记得曹老师在教《人民日报》社论《论合理密植》一课时，对论证方法的生动讲授，使我既牢牢记住了"愚人吃盐"的故事，也懂得了恰当而生动的譬喻、举例、引证等在论证中的重要性。第二，他从不认为教学只有一二种"模式"，而主张"教无定法"，因此乐于在教学实践中不断探索。我记得，当时我们杭一中的语文教研组在教改上是最有特色的，比如某老师擅长讲小说，那么几个班的"小说课文"便都由这位老师来教。高三一年里，就有四位老师给我们讲过课。有一段时间，曹老师便专讲议论文，但他又能做到不同课文用不同教法，抓不同重点，不但使学生有常听常新的感觉，而且逐渐积累较完整的知识。这也就是曹老师常说的"要有选择地'细嚼'"，

母　校

才能获得丰富的营养，才能触类旁通，往往讲的是议论文，而所得到的知识却并不局限于这一种文体。

其他语文老师如黄增珠、周达先等也在讲授其他体裁课文中各有擅长。其实，不仅是语文教学如此，据比我们高两三届的校友回忆，也有其他科目由多位任课老师任教，如数学就至少有5个老师，每个老师分别教代数、几何、制图、三角等。给我们讲授政治、数理化、史地、生物、俄语、体育等课程的夏莲云、王慕桢、徐克昌、徐士中、石兆麒、莫焕章、吴天禄、唐魁信、王嘉范、傅德华、夏蒙森、朱大辉、俞易晋、柳贤理、萧云凤、成云紫、楼永洲、朱美芳、陈凤华等老师都在教学中既严谨、扎实，又深入浅出，注意循循善诱。许多课堂上不乏生动活泼的气氛。如化学老师王嘉范据说是转业的工程兵军官，讲课幽默风趣，有一回讲炸药，将手里拿着的一块"梯恩梯（TNT）"猛地往地板上一摔，把大家吓了一大跳，然后就笑眯眯地讲这炸药在没有引爆物激发前是不会爆炸的性能和原理，给同学们留下了深刻的印象。又如俞易晋老师的地理课，诚如后来网上介绍他所归纳的：重视直观教学，搜集各种矿物、生物标本和实物照片五百余种，配合教学，展示传观。他擅长绘制地图，常常边讲边绘，以图助教，辅以导游式教学方法，学生如身临其境；教学语言形象生动，对问题阐述能深入浅出；讲课声音洪亮，语言风趣，深受师生欢迎。在我的印象里，当时大家最感兴趣的就是他创绘的"蝶形世界地图"，在我们眼前展示出了一个别样新颖的世界。大家在课堂上看不够，下课后还常常结伴去教研室的蝶形大地图前"指点江山"。

在给我们授课的教师中，同学们印象比较深的还有物理老师夏蒙森，这不仅是因为他学问渊博，讲课与平时均着装整饬，不苟言笑，也是因为他十分重视引导学生拓展知识面，尤其是当时学校科学馆上面设置了一个可观星月的小天文台，夏老师会利用它让我们观察天象，讲解丰富多彩的天文知识。受此影响，我专门订阅了1958年创刊的《天文爱好者》杂志，还曾经想高中毕业后报考大学天文系学习呢。后来得知，也正是这个小天文台，为1954届校友，日后成为北京国家天文台首席科学家、资深研究员的杭高校友胡景耀打下了基础，他1989年在欧洲南方天文台发现的小行星被国际天文学会命名为"胡星"。还有一位数学老师莫焕章，他讲课的情景大家早已忘却，而他课余在宿舍和后校园鲁迅纪念亭拉小提琴的乐曲声却时常在我们的耳边回响。他的琴声常常是忧郁的，如诉如泣。据说他是一位归国华侨，当时还未成家，是否还有亲人在国外，要在琴声中表达什么样的心境，作为学生的我们是不敢探问的。据章荣庆学兄告知，莫焕章老师后来长期在市教育局教科所工作，曾担任所长职务，直至退休。

我在上中学之前可谓"缺乏美术细胞"，毫无绘画基础。初中时的美术老师赖一匡先生是油画《开国大典》作者、著名画家董希文在杭州艺专的同学，是国画大师潘天寿的弟子。他给我们上课特别善于从素描、写生等基本功训练入手，注重培养学生的艺术兴趣和自信心。在他引导推荐下，我画的习作还曾拿到市上去展览。当时我的兴趣广泛，没有继续在绘画上下功夫；后来在学习、工作、旅游和劳动中一时兴起也涂抹过一些，多数没有保存下来。近期从网上查得赖一匡老师早年就有画作出版，如北京书店（中国书店前身）

母 校

赖老师绘《灯的故事》封面　《灯的故事》内文及赖老师绘图

1954年印行的《科学发明故事画册·灯的故事》，这是一本32开60页黑白绘图、配有手写体说明文字的小薄册，原定价旧币2600元（即今0.26元），辛丑春日我欣然花高价158元从孔夫子旧书网上购得，留作纪念。赖老师从事美术教学多年，培养的成名画家并不少，如潘复兴、徐君陶、吴奇峰、陆秀竞、李绍然等，称得上是一位杰出的美术教育家。

· 课堂以外

需要说明，因为当时杭一中是在全省招生的，大概考虑到当时男女生比例并不均匀，男多女少，所以几乎每个年级都设置了一两个全是男生的班级，大家笑称为"和尚班"，我所在55级初中（2）

班和58级高中（2）班，恰好都是"和尚班"。此中利弊，当然也可供教育专家们去研究分析，见仁见智了。

当时学校的课外"兴趣小组"丰富多彩、形式多样，涉及文、理、工、体、军多个学科，各种技能，学生可自由报名参加，教师指导，学生自主，十分活跃。记得初中阶段我曾参加过"航空模型"小组的活动；高中一年级时在初、高中同班同学郑昱的带领下，参加了小口径步枪的射击训练，当时获得的杭州市国防体育协会颁发的"射击运动普通射手证明书"（编号018198，发证日期：1959年12月14日），至今还保留着。至于体育锻炼，因为效仿苏联，必须达到教育部颁行的"少年劳卫制"等级标准（检测项目包括田径、体操等，是对人的身体素质的全面锻炼），当时同学们为跑1500米达标而你帮我扶的场景，至今记忆犹新；大家还可以在大操场和后校园进行自己喜欢的项目锻炼。在初中阶段，我练习过急行跳远和三级跳远；高中一、二年级时，又常和挚友黄德厚同学一道练习投掷标枪、铁饼（他应该是我这两个运动项目的启蒙教练）。因此，当时我虽然个头较小，却打下了比较扎实的体育运动基本功，为我之后成为短跑、跳远、跨栏、标枪等田径运动的业余爱好者打下了一定的基础。当时母校的体育运动水平，在全市也是名列前茅的。1957年，母校足球队曾获得杭州市球类对抗赛的冠军。我在校时，还有两个例子：一是一次西藏自治区足球队与我们杭一中的校代表队进行友谊赛，我记得一中队以大比分获胜；二是日本乒乓球运动名将荻村、木村、星野到杭州来访问比赛，我们年级娄之久同学代表浙江队出战，战胜了星野先生。这些，在当时杭州体育界都传为佳话。至于课余的文艺娱乐活动，杭一中也是丰富多彩的。每逢节

母　校

假日，学校常在大礼堂举办联欢晚会，这方面我印象最深的是学姐洪雪飞表演的《小放牛》《采茶扑蝶》等歌舞，几乎是每场必有的保留节目了。她1958年高中毕业后进工厂当工人，后来经京昆剧团培训班进入北方昆曲剧院，后又加入北京京剧团改演京剧，成为因在京剧样板戏《沙家浜》中扮演阿庆嫂而名闻遐迩的演员。她于1994年9月14日清晨在赶赴新疆克拉玛依地区演出时因车祸不幸去世，实在令人痛惜。

一中的教学质量上乘，在注意提高课堂教学水平的同时，也不放松组织学生配合社会需要在课余参加各种体力劳动，在这方面我印象最深刻的是暑期到农村水稻田的"双抢"（抢收抢种）劳动、投身"大炼钢铁"运动、到梅家坞采茶等。"双抢"劳动的特点是抢时间收割早稻和插晚稻秧苗，常常要起早摸黑，而且卷起裤腿赤脚站在水田里，必须忍受蚂蟥、蚊虫的叮咬吸血，有时还可能感染疾病。记得高一高二年级之间暑期的那次"双抢"，全市各中学的不少学生因在水田里受到钩端螺旋体菌的侵袭而发病住院治疗，有的病情十分严重。劳动后期，我班同学也有因发此病住院的（记得是王长林同学），所以劳动结束后一周时间，我们仍需留校观察等待，不能回家度假。观察期间我因发烧也住进了医院，经医生诊治排除了"钩旋病"，疑是由蚊虫叮咬引起的"疟疾"，很快就康复了。据冯一孚同学回忆："这次'双抢'我记得是在1959年暑假，在良渚以北约15km的长命桥（长命公社），当地队长是一个30来岁的年轻人。是由吴天禄老师带队的，先收割早稻后抢在立秋前插下晚稻秧。难忘的是蚂蟥和蛇，当时农药基本不用，稻田里多虫子，蚂蟥叮牢皮肤吸血是常态，只能用力拍打，不能撕拉；当然蛇也很多，有毒无毒也分不清楚，天蒙蒙亮大家就向田间出发，我一般走在前面，拿着竹竿打地面壮胆，击地驱蛇，蛇纷纷往路旁逃避；而稻田里的蛇是水蛇或赤练蛇，无毒，割到最后一角时，这些蛇总会逃遁出来，并不咬人。劳动两个小时后收工回据地吃饭，再去割稻，争分夺秒抢时间。"一孚还回忆起"还有一次我们开荒建大观山果园，时间记不清了，也是在长命桥附近。这是杭一中师生对社会的贡献，大观山果园的桃子引入奉化水蜜桃树种，曾供不应求"。还有1958年的"大炼钢铁"运动，缘起于国家"十五年赶超英国"的号召，《人民日报》于当年9月1日发布了《中共中央政治局扩大会议号召全党全民为生产1070万吨钢而奋斗》的公报。当时刚刚进入高中阶段的我们的主要任务，是为炼钢高炉抬矿石、收集"废铁"（其实为求数量，有不少是还能使用的铁器）。当时我们班除了要每天统计收集上交的"废铁"数量外，主要是在下午课余或周末去艮山门火车站用箩筐抬运铁矿石供应土法炼钢的"小高炉"。记得当时两位身体较健壮的高个子同学要抬300来斤，我们小个子同学也要抬200多斤，而且路途不近。这对于一个十四五岁的准青年学生来讲，也是意志和体力的考验。蒙荣庆学兄回忆告诉我："初中毕业前夕，1958年4、5月间，杭一中还有过一次大型的勤工俭学活动，我班在杭钢，为一号高炉选矿石，是繁重的体力活。班主任成云紫老师带队，全班同学住在附近村里一座老房子的一个大厅里，地上铺的是稻草，我们这些四五十个'小和尚'躺在一起，外加一个女的成老师。为这事，《杭州日报》还派了一个女记者前来选矿现场采访，至于有否文章见报，不得而知。回校后，评勤工俭学积极分子，你我均榜上有名。"至于全班同学到梅家坞去参加采茶劳动，则是全

母 校

2005年重回梅家坞老同学合影

身心沐浴山村阳光雨露的另一种体验了！梅家坞作为龙井茶的主产地，是一个有六百多年历史的古村落，本来默默无名，因新中国成立后种植、采制品质优良的龙井茶受到国内外关注，我们在杭一中读书的年代，梅家坞就已是对外宾开放的定点观光区，接待过许多国际名人和国家元首。尤其是1953年至1962年期间，周恩来总理先后5次到梅家坞村视察、指导，并将此作为指导全国农村工作的联系点。梅家坞的党支部书记卢镇豪和"十姐妹采茶队"也名闻遐迩。1959年6月初，我们高中一年级下学期时，全班同学曾在班主任、数学老师吴天禄的带领下，再一次到梅家坞劳动，不仅又尝试了亲手采摘茶叶的劳动过程，而且在这个大课堂里大致了解了茶树的种植、管理知识和制茶步骤与技能，也听到了总理视察、外宾参观的一些动人故事。劳动结束后,我们还和卢镇豪书记建立了通信联系。另据沈朝阳同学回忆:在我们高中三年级时,又由班主任曹文趣老师带领到梅家坞劳动。朝阳说:"在梅家坞采茶那次,我记得在大厅(像戏台子那样一个有台阶的厅)亭柱旁搁着一保温桶,满是开水,我不小心碰翻了茶桶,滚烫的开水把曹文趣老师的脚背烫得褪了皮,我吓得不得了,至今深感内疚。""在梅家坞时,刘国良等同学还被派别处去割麦。毕业多年后,同学们还到梅家坞聚会了一次,有亲切的认同感。"(前不久,同学还提供了一张2005年我和朝阳、郑昱、杨仲彦、章荣庆、李永福同学这次聚会以茶山为背景的合影。)据我回忆,高中三年级这次主要不是参加采茶劳动,而是应卢书记之邀参与了村里开展的忆苦思甜和访贫问苦,搜集家史、村史的思想教育活动。我到北师大上学后,还专门写了一篇散文《茶山青青》参加师大在1964年举办的征文比赛,获二等奖。1964年夏,我将北师大刊登此次征文比赛的书寄给梅家坞村的卢镇豪书记。当年10月下旬,我在河北衡水参加"四清"运动的驻地收到了师大传达室转来的卢书记的复信。他在回信中介绍了梅家坞的新发展、新变化,内容如下:

亲爱的剑虹同志:

谢谢您对我梅家坞的赞扬和鼓舞,谢谢您从北京、毛主席那里送来了书,我们一定更积极的搞好茶叶生产感谢您,一定好好学习来感谢您。

剑虹同志:我们西湖人民公社梅家坞大队和全国各地一样,在毛主席和党中央的正确领导下,依靠人民公社的集体力量,

母　校

卢镇豪书记来信（1964年）

使我队的茶叶生产、经济面貌有了很大的发展。解放前一亩茶地只产茶叶60斤，而六三年每一亩茶地产茶225斤。茶叶总产量解放前只有36000斤，六三年已达到195000斤了。社员收入解放前每一户的平均收入是150元，六三年是919元。村子建设方面也有了大变化。六三年盖了一座1000多人大的礼堂（也可以晾茶的），村中的公路已是平坦的水泥路了。六四年春今年又盖了一座830平方面积的小学校，校内的设备是现代化的，这些建筑物还全是自力更生搞起来的。我们现在还要搞十二年的规划，大量的发展经济林，我们还到黄岩买来了3000株黄岩蜜桔苗，不久以后我们这里能产黄岩蜜桔了。

剑虹同志：我们公社正在搞社会主义教育运动（是点的教育）……现在我们正在为四清工作做准备。村史、家史已基本上写好了，是省委党校的同志写的，现在拿去领导审查。以后我可以寄去给你作参考。最后祝您在北京——毛主席身边念书幸福，祝您学习进步、天天向上。

此致
革命敬礼

卢镇豪
10月20日

1967年春夏之际，为了避开"文革"中北师大"造反派"的"夺权斗争"，期盼再次呼吸到这个茶村的清新空气，我又和同班好友葛战同学结伴第三次到梅家坞短期劳动。

我们也参加过一次难忘的军训，集中训练我们当时觉得很先进、便携的58式轻型火焰喷射器的操作。教官讲解了武器原理和施放技能后，挑选我们之中比较健壮的同学具体"实弹"练习一次。有一位同学操作时，因紧张忘记了该武器的后坐力大，没有使劲压住，导致喷射出火焰时"枪管"翘起，幸亏教官及时上去压住了"枪管"，方才化险为夷，大家却吓出了一身冷汗。

我们参加的相对轻松而颇有些"好玩"的是1958年初开展的"除四害讲卫生"爱国卫生运动，即要响应国家号召，在短时间内掀起消灭苍蝇、蚊子、老鼠、麻雀的热潮。当时大家做得最起劲的是到河沟里捞蚊卵、孑孓以及在野地里轰赶麻雀。蚊卵与孑孓要及

母　校

时登记数量，而麻雀则常常是被赶得无处落脚因疲极而倒毙。我在1959年1月11日（星期天）的日记中还写下了这么一个小片断："赶麻雀的地点在艮山门旁城墙上，这里麻雀不多，因此无事可做。麻雀来了，一阵喊声、锣鼓、鞭炮，就把它吓跑了。我们打起雪仗来，而吴（天禄，班主任）老师刷起裤子来。到下午5时正，我们回校，每人都玩得很热：一面轰麻雀，一面打雪仗！"后来，听说有农业专家提出麻雀对庄稼利大弊小，于是被"平反"出列"四害"，由臭虫代替。恰好我们在宿舍里也深受臭虫叮咬之苦，于是学校就轮流安排各宿舍"煮床"灭虫，受到我们这些住校生的欢迎。

　　我在上高中一年级时，在"教育革命"的热潮中，学校还办起了机械、文具等几个校办小工厂，当时我参加了一个取名为"化工研究所"的劳动，制造试剂、酒精等。有一个周末上午，我正在提炼甲醇的炉子旁值班，有人跑来通知说周建人省长自己一个人进校"微服私访"，要参观后校园的鲁迅纪念亭，校内没有领导和老师陪同，要找几位学生赶快去带路。我们即刻忙赶去，见了这位身材、面孔酷似鲁迅先生，衣着十分朴素的老人，那天一进二楼的"鲁迅先生纪念室"没有开放，我们导引他穿过几进教学楼、宿舍楼到后校园，看了同样十分简朴的纪念亭。我不知道鲁迅先生在杭高前身浙江两级师范学堂任教时，他的这位三弟周建人是否曾经来过这里，这次他是一时兴起的漫步"参观"，或是怀旧忆念的着意"心祭"？恐怕谁也不清楚。一路上他默不作声，我们当然也不敢发声，只是陪他转了一小圈，估计总共也只有20分钟的光景，却给我和其他几位同学留下很深的印象——一位省长大人，步行进校，没有随从陪同，也不发问讲话，如此低调，实在是绝无仅有啊！

因为学校在浙江教育界的名声、地位，我们这些中学生也参加了一些外宾来杭州访问的欢迎活动。我印象最深的有两次，因为都有幸见到了陪同外国元首来杭的周恩来总理。第一次是1957年4月下旬的一天，苏联最高苏维埃主席团主席伏罗希洛夫访华到杭州，20万人夹道欢迎，盛况空前。那天下午，我们被安排到他入住的位于西泠桥边北山街的杭州饭店前，因为周总理、贺龙元帅等要从宾馆前的码头上船游湖。饭店通往码头的小道人群拥挤，我看到总理走在前面，一边挥手致意，一边用带有苏北方音的杭州话喊："请大家niang（杭州方音读二声，即'让'，周总理读四声）开一条路！让开一条路！"听到这半熟悉的家乡方言，人们赶紧闪到两旁，用掌声和笑声欢送总理、贺龙元帅和伏罗希洛夫等苏联贵宾上了游船。另一次是1958年12月2日下午，周总理陪同第三次来华访问的朝鲜国家主席金日成来杭州，我们被安排到笕桥机场迎接。周总理陪同金日成走到我们这些挥动鲜花的中学生跟前，还特意转过身来，亲切地朝我们挥手致意，这真使我们十分感动，欢呼雀跃不已。

当然，在"以阶级斗争为纲"的年代里，在初中阶段，我们在校园里也经历了很难忘怀的一场政治运动——"大鸣""大放"和随之而来的反右派斗争。按理这场运动不在中学进行，但不知为什么也在杭一中开展了一阵。开始是在学校大礼堂里挂起了很多标语和"大字报"，我记得其中最醒目的就是"毕业等于失业"的标语、责疑"为什么丢失新疆西部领土"等"大字报"。之后，曾安排我们到大操场对面的健身房参加过一次批判大会，批判某个高中生的"错误言论"，具体内容我们早已记不清了，那位同学是否被打成"右派分子"也不得而知，但是后来从校史资料得知，就在这一年，

母　校

被学生敬佩的地理教研组组长、市劳动模范俞易晋老师则因为在学校整风学习小组会、民进座谈会等场合提出"搞建设，光是路线斗争不行"等意见而被划为"右派"，降职降薪留校做杂务了。又据2019年印行的杭高校史材料《百年星辰》介绍，俞先生在"文革"爆发后被抄家遣返原籍，监督劳动。在残酷折磨和打击下，于1970年8月在牛棚里服毒自尽，时年79岁。1978年后平反。一代名师如此陨落，令人嗟叹！在反右派斗争中，一中有13位教职员工被划成"右派"，还有几名高中学生以"反党反社会主义分子"的罪名被开除团籍或送去"劳动教养"。我后来还得知，就在我1955年考入一中之时，学校一位很有才华的语文教师刘舜华（笔名刘季野），因为与胡风通过两封信即被打成"胡风分子"而遭逮捕，1962年冤死劳改部门却长期不得平反。后来还是张抗抗等校友秉公理为他奔走，讨回了迟到的公道（此事可参见本书书后所附张抗抗发表的《难以缄默》一文）。

　　在"文革"初期的"大串联"背景下，我参加师大一些浙江籍校友临时组织的"东方红战斗队"回到杭州，参加了一两次当地的"辩论会"，到湖南韶山瞻仰毛主席故居后即自动解散，我便和政教系的沈晖同学到母校杭一中参与"复课闹革命"——大概是有2班的情结吧，我到66届的高三（2）班给班里的这些学弟、学妹们讲解毛主席诗词，沈晖则到高三（1）班讲政治。当时母校的"小将"们也分属不同的红卫兵组织，有些过激的造反派也批斗了一些教员，给教员剃阴阳头、挂"黑帮"牌子，甚至到社会上抓来一些"地富反坏右"强迫劳动乃至毒打；但高三的同学相对比较平和，其中还有不少当时省、市领导的子女，家长受冲击，他们期盼平和，希望复课，这也是我去讲课的一个原因。高三（2）班的许多同学都勤奋好学，不仅很支持我的讲课，也常常帮助我了解当时母校和家乡"文革"的一些情况，如蔡炼红、盛小露、叶维新、周华沂、鲁连珠等。他们这个年级后来也出了不少对国家有重大贡献的专家学者，如传染病学专家李兰娟院士（当时在4班）、构造地质学家杨树锋院士（当时在7班）、教育学专家童芍素教授（当时在3班）。此外，我也结识了别的班或其他年级的一些校友，如1班的王效良，4班的吴鲁捷，5班的周奋进、应天籁、张彬、郑羽、夏小媚，7班的王莒南等；还有高二年级的张克夫（后来成为著名企业家、浙江省人民政府参事）；高一年级的杨元一为"上山下乡"曾和陈浙新同学结伴到乌鲁木齐找我了解新疆情况，后下乡去黑龙江（杨后来曾任化工部司局长）。1969年初春时节，杭州大批中学生赴黑龙江农场或农村劳动，其中后来最有名的杭一中校友是1966届初中毕业生张抗抗（作家），初中1968届的卢展工（副国级领导人）。

1988年5月，我们6位在北京工作的杭一中1961届高中同窗，共同署名写了一封敬贺母校八十华诞的贺信，题为《献给母校的心花》，表达了学子心声：

献给母校的心花

母校——多么亲切、慈爱、庄重的称呼！一所学校、一位母亲，哺育了千千万万个子女。母亲饱经风霜，慈母之恩倍增；儿女长大成人，赤子之心不衰。离开母校快三十年了，我们在一中校园的生活仍历历在目。虽然我们早已步入中年，却多么想再坐在当年坐过的教室里再聆听老师们的教诲。假如再给我

母 校

们一次上中学的机会,我们仍会毫不犹豫地选择"杭高",热切地投入温馨宽厚的母校怀抱。

当年崔东伯校长常常号召我们:"发扬杭高的优良传统!"如今崔老校长虽已仙逝,但他的教导我们永志不忘!

"杭高的传统"不是抽象的,从两级师范学堂到杭高到一中,自1908年以来,中国近代、现代、当代教育史上的许多重大事件、众多风云人物,都与母校有关。从"五四"新文化运动的主将鲁迅,到新中国知识分子的典范蒋筑英,许许多多出名或不出名的师长、学友,成千上万的母校人共同缔造了"杭高的传统"。严肃认真、勤奋踏实的教学作风,注重基础、讲究实践的治学方法,积极改革、大胆创新的革新精神,都是杭高人引以为荣的好传统。今天,可以毫不夸张地说:杭高传统遍天下!一代代"杭高人"以母校自豪,年届八十的母校为子女骄傲!

人生七十如赤子。在子女们的心目中,母校八十,如同十八,青春常驻,生机焕发。在这庆贺母校八十寿辰的时刻,我们几个远在北国的游子,遗憾不能回到母亲面前拜寿,只能写了上面的这些话——我们的心声,作为一束心花,献给我们亲爱的母校,敬祝母校繁荣昌盛、兴旺发达!

> 杭州一中1961届高中毕业生
> 王家根(商业部外事局)柴剑虹(中华书局)
> 林豹(北京市计委)汪集暘(北京工业学院)
> 洪崇威(中科院数学所)黄震(西安空军工程学院)
> (1988年5月12日)

初中同窗校庆合影

    2019年5月18日，近万名杭高校友返校参加120周年校庆日的纪念活动。我分别和初、高中班一些同窗在指定的教室聚会叙谈后，到大操场参加庆祝大会。我看到有十位院士作为杰出校友的代表在会场前排就座，他们是：植物生理学家沈允钢、高分子化学家沈家骢、空间结构专家董石麟、病毒学家毛江森、地理学家汪集暘、随机动力学家朱位秋、高分子化学家颜德岳、海洋科学家戴民汉、传染病学专家李兰娟、构造地质学家杨树锋。这不禁使我回忆起北京杭高校友会在北京电影学院、北京航空航天大学等高校举行的几次聚会，几乎每次活动，先后担任上海市市长、工程院院长、全国政协副主席的学长徐匡迪院士都会发来贺信或亲临会场，使大家感到十分亲切。因为《共产党宣言》的第一个中文本译者是浙江一师

母 校

《共产党宣言》汉译本——给母校校庆日的贺礼

教员陈望道,这次返校,我将中华书局所出《共产党宣言》的汉译纪念版作为贺礼呈送母校,在扉页写上了这样一段话:

  陈望道(1891—1977)于1919年夏到浙江一师(杭高前身)任教,1920年4月完成了《共产党宣言》的第一个中文全译本,为中国共产党的创立奠定了思想理论基础。2011年,中华书局印行了《共产党宣言》的早期汉译纪念版。值此母校杭高庆贺一百二十周年华诞之际,谨敬赠此书作为贺礼。

    杭一中1955—1961年初、高中班学生　中华书局编审
      柴剑虹　　2019年5月18日

杭高同窗聚会合影（右1林豹、左2陈之德）

高中同学在苏堤合影（后排左1为毛昭晔）

母 校

　　诚然,母校杰出校友多不胜数。2019年4月,我在剑桥大学进行学术交流期间,几次在校园内观瞻徐志摩校友的诗石碑和金庸校友的联语石碑,真切感受到了杭高校风之悠远。

　　以上这些当然只是后话了。1961年初夏,我们临近高中毕业,报考大学提上议事日程。那些年杭一中有个"惯例",就是校领导认为一中应该有一批毕业生考入全国各重点院校,因此在正式报考前就由校领导和老师"点将"指定志愿。有一天,校领导将我们叫到一间办公室,逐一分配我们的报考志愿。因为我在班里担任俄语课代表,俄语成绩较好,就指定我第一志愿要报考北大俄语系或北外俄语系。记得当年我们能报考文科的一类志愿表上只有北大、北外、南开、人大、复旦、北京师大六所学校的专业,于是在正式报考时,根据学校的指派,我的第一志愿填了北大俄语系,以下分别填写北外、南开、复旦等,北师大中文系则是我的第五志愿。至于后来考上了北师大的原因,且听本书"下回分解"了。

　　我们这个"和尚班"的高考成绩应该是相当优秀的:记得不仅全班同学绝大多数当年都考上了重点高校,到北京的则有北大(汪集曜)、清华(潘安克)、北师大(我)、矿院(蔡春生);考进浙江大学的最多(据后来透露的信息得知:当年浙江的招生办公室为了保证浙大的新生质量,将高考中名列前茅的许多优等生都招进了浙大)。当年因"家庭出身成分"等原因未被高校录取的同学,有几位第二年也都如愿考上了大学;而一直没有机会上大学的同学,不管是进厂当工人,还是下乡、到农场战天斗地,都凭着为国家做贡献的一颗红心,书写了令人感动的奋斗史。需要说明的是,我们班还有3位同学(郑昱、黄德厚、王家根)上高三前就应召入伍了,后来王、黄也进了在北京的空军院校，郑进了杭州大学。高中毕业后参军的有沈朝阳、王长林等；考进军医大的有陆天方；到空政文工团做歌唱演员的梁履义同学，后来进了北京政法学院。同年级其他班考入北京高校的同学，我知道的只有考进北京电影学院导演系的史践凡，因为电影学院离师大近，上学期间也见过两次。听说他毕业后进入电视台工作，拍摄过不少电视剧，20世纪80年代初曾因导演电视剧《鲁迅》出名。他是延安鲁艺出身的浙江省文化厅老书记史行之子，也是子承父业，事业有成了。

· 同窗业绩

一中初、高中同窗，离开母校已60多年了，他们之中的许多人已失去联系，许多事迹我不能得知，但有一点是确定无疑的，即事业有成者甚夥，不管是否上大学，上哪所高校，也无论从事哪种工作，在哪个岗位担任什么职务，可以说绝大多数都继承和发扬了杭高的优良传统，都有一部奋斗史，都尽心尽力为国家建设、社会进步作出了应有的贡献。限于篇幅和我的有限了解，下面只能简要介绍几位同窗的奋斗业绩。

在1958年全国"大跃进"形势下初中毕业的同学，多数都进了工厂当工人，上高中的恐怕还不到半数，之后上大学的更是少数。但是，有的同学凭借着良好的文化知识基础与个人的兴趣爱好及努力，为家乡的文化建设作出了杰出的贡献。如丁云川同学有家学渊源，他在杭州市滚镀厂当工人、做技术工作期间就特别留意搜寻杭

母　校

州历史文化的实物与文献资料。后来到"天工艺苑"工作，不但将收藏的大量珍贵文物无偿捐献给国家，而且不断提出保护、恢复、研究杭州及周边地区文物遗迹的建议（如重修文澜阁、复建苏小小墓、发现北伐战争将士墓等），还常在杭州电视台宣讲相关知识，被市政府评为"平民英雄"，成为杭州历史学会、古都文化研究会常务理事，又入选为首届中国文化遗产保护年度杰出人士，获得政府的嘉奖。2019年，他撰写的相关文章编著为《行走西湖山水间》，收入"杭州全书·西湖丛书"正式出版（杭州出版社），受到读者欢迎。

　　曾经担任我们高中班生活委员的林豹同学，从浙大光学仪器系毕业后，分配到北京光学仪器厂工作，从工人、技术员到技术厂长，又被中央领导慧眼识才，调任至北京市计委，担任该委第一副主任；后来又创办首创集团，为首都经济建设作出了巨大贡献。同时毕业于浙大的陈之德同学，分配到北京某中央科研部门，到京报到时才知道具体的工作单位是在贵州，随即南下到岗，从普通技术员到科研所领导，在大山深处默默无闻干了几十年直到退休，为我国的科技进步付出了全部心血。2014年5月21日，他因病不幸去世，我敬献的挽联为："一生勤勉清廉仁厚堪称民众楷模；九天悲哀痛惜敬仰无愧国家栋梁。"还有毕业后与班长操胜江学兄一起考入乌溪江化工学院（后改为浙江化工学院）的杨仲彦同学，他毕业时分配到萧山化肥厂工作，后来曾担任萧山县、市的主要领导，使萧山地区的工农业生产飞速增长，功不可没；他从市领导岗位退下后又奉命成功筹划建设了杭州市的黄龙体育中心。还有著名数学家、浙大数学力学系主任毛路真教授之子毛昭晔学兄，学习成绩一直很优秀，可是在高二时因病休学，失去了参加高考的机会。他从乡下养病回来，在浙江图书馆做管理员（临时工）一年半。1966年9月因红卫兵抄"臭老九"家，图书馆连临时工也不让做了，11月就下了乡，在农场战天斗地16年，担任过农场场长，后来又历任湘湖丝绸厂厂长、萧山乡镇企业局副局长、农业局农场处处长，均以实干、苦干加创新的精神与出色的业绩为当地干部、群众称道；1995年，他在离杭22年后回到老家，进了杭州市计委，担任农经处处长9年，直到退休。前述高二期末参加空军的三位同窗郑昱、黄震（德厚）、王家根在部队时为捍卫领空安全立下战功，后来又在浙江大学外语系、粮食部外事办、空军工程学院等各自的工作岗位发挥自己的特长，默默贡献心力；其中德厚学兄因教学需要，延迟多年才以文职将军的身份退休，是军队院校公认的一流外语专家。

我这里还要举一位多年来已经失去联系的徐霖身同学的例子：他高中毕业后进入位于江西某地的铀矿工作，这是为发展我国国防事业，研制核武器不可或缺的基础性工作。他生性豪爽、粗放（为此同学们给他还取了个"乱头阿爹"的外号）。工作后我们有通信联系，只知道开掘铀矿的艰辛和危险，不了解细节。1964年暑期前某个星期天早上，他突然到北师大西北楼我住的宿舍来看我，告诉我他这次奉命押运有关产品来京，但因匆忙和马虎，忘了带身份证明文件，结果晚上列车到京后在车站交货时，前来负责收货的某部队领导只能下令将他扣押起来，后来打长途电话询问铀矿负责人证实了他的身份，才"解放"了他，他连早饭都没吃就到师大来找我了！那天，我陪他到颐和园游览了昆明湖；出于保密原则，他只是跟我谈了在江西的日常劳动和生活，当晚就离京返赣了。就在那年

母 校

的10月16日,传来了我国第一颗原子弹成功爆炸的喜讯。我知道,这里应该也有他的一份功劳。后来听别的同学说,他在回杭州探亲时曾提及因长期接触核辐射材料而身体不佳,之后就没有了音讯。还有一位萧山籍的黄煜兴同学,军校毕业后到了雷达兵部队,听说也因受过量辐射影响而英年早逝了!

我相信,对于成千上万的杭高学子来说,通过几年短暂的学习生活,在思想品质、文化修养、身体素质各个方面都打下了坚实的基础,为之后或顺畅、或曲折的人生道路指明了方向,确立了为祖国贡献、为民众服务的正确目标。这里当然也与数以千计资质优异、名师辈出的杭高教职员工密不可分。正确的教育方针指航,优秀的师资队伍保障,出色实践"教学相长"的办学传统,这正是母校杭高能长期成为江南名校的根本原因。

- 余 韵

2019年4月,我应邀到英国剑桥大学访学,多次观瞻了剑河畔杭高两位学长徐志摩的"康桥诗句碑"与金庸的"手书联语石",写下了三首诗寄托作为杭高学子的感慨,移录在下面,聊为本节之余韵吧!

再到康桥

当年我匆匆的来了,犹如我匆匆地走。

三个时辰飞鸿一瞥,*只化作欲说还休。

今天我又缓缓的来，岁星已绕苍穹一周。
人世沧桑旧梦零落，西方的云彩变幻依旧。
剑河依然碧波荡漾，康桥仿佛连通心房。
绿荫里鲜花争艳啊，草坪外各色游子徜徉。
志摩诗碑铭刻着梦忆，霍金钟警策珍惜时光。
金庸石联语难免孤独，琅琅书声寄托壮志梦想。
今天我缓缓行走校园，步履蹒跚已不再匆忙。
文化传承创新靠谁人？青春少年会勇敢担当！

* 2007 年我首次到剑桥参观，仅匆匆游览了 6 个小时。

徐志摩康桥诗碑

志摩杭高老校友，才子诗名耀全球。
芳丹薄露翡冷翠，康桥吟别流韵久。
剑河风光融血脉，徽因小曼情相伴。
游子伫立诗碑侧，遐思绵长无止休。

金庸联语石

金庸大侠不简单，先封博士后读研。*
学院道上多缱绻，叹息桥畔常流连。
花香书香伴君学，桨声歌声入梦眠。
去岁乘风驾鹤去，联语镌石剑河边。

* 2005 年 6 月金庸为剑桥大学文学荣誉博士，同年 10 月

母　校

进入该校圣约翰学院读研，2007年5月获哲学硕士学位，2010年7月获哲学博士学位。2018年10月30日逝世。

在剑桥大学徐志摩康桥诗句碑前

剑桥大学金庸手书联语石

北京
师范大学
（本科生阶段）

Beijing Normal University (Undergraduate Stage)

1961年8月20日，邮递员送来了"浙江省高等学校招生委员会"的一封信，信封纸张十分粗糙。拆开一看，是北京师范大学一张对折的《北京师范大学新生录取通知书》。封二文字内容很简洁：

柴剑虹同学：

　　根据国家建设的需要，并结合你自己的志愿，已录取你入我校中文系专业学习。

　　我校新生定于9月11日上课，9月4日至9月7日办理报到注册手续，须按时来校报到。

（北京师范大学　　公章）
1961年　　月　　日

封三则是一封共青团北京师大委员会、北京师大学生会给"亲爱的新同学"的欢迎信，信中特别强调了学校的培养目标：

　　随着祖国社会主义建设事业的蓬勃发展，迫切需要一支强大的又红又专的工人阶级知识分子队伍。咱们学校正是为祖国培养又红又专的人民教师队伍和理论队伍与科学技术队伍的大学。

母　校

北师大录取通知书（1961年）

进京第一张照片
（1961年9月4日）

封底印了"新生报到注册注意事项"，最后一条是提醒"北方天气较寒冷，南方同学务须注意携带必需的棉衣棉被等物"。北师大中文系是我报考的第五志愿，接录取通知时我丝毫没有不满意的想法，我从小对教师就有亲切和尊崇之感，而且能如愿到北京去读书，又是我也比较喜欢的"中国语言文学"专业，所以非常高兴。在不到十天的时间里，父母亲帮我匆匆准备了简单的行装——捆扎的被褥等装进一个木板箱中，还有一个装了书籍的帆布箱。离杭时父亲送我乘7路公交车到城站登上了北去的列车，火车缓缓开动时，望着车窗外频频挥手的父亲，真切感受到了朱自清散文《背影》中抒写的深情……

我们班在师大的代号与信箱是4611（4是中文系，61级1班），

母 校

我们年级共设两个班，九十几位同学。到京后的第一件事就是给父母写信报平安。第二件事是到天安门广场去拍一张照片。没过几天，我得知班里的同学基本上都是第一志愿进师大的，为什么我是例外？当时虽有些纳闷，也没有多想。大约是到了一年级下学期，当时负责招生的王宪达老师给我解开了这个小小的谜。他说："我到浙江招生，中文系的指标是2名，杭州一人，温州一人，我提前看到了你的档案，觉得很符合我们的要求，就先确定录取你了，没有给别的学校机会。你可别埋怨我啊！"他告诉我，当年按各科平均分录取，北大为82分，北师大78分，而我考的平均分超过了90分。我对王老师说：我真得感谢您啊！如果考取了北大或北外的俄语系，将一门外语当专业，不仅有些单调，而且目前中苏关系也出现了问题，我毕业后又能干些什么呢！虽然这个说法不一定正确，却是我当时的真实思想。

· 进校第一课

我们班男生被安排住进校园西北楼，宿舍不大，一个房间4架上下床，基本上住7人，留一个下铺放箱子等；中间摆一张大桌子；走廊里有洗脸房和厕所。女生住在中北楼。两边离当时中文系学生专用的"小饭厅"及贴布告的"枣树林"都不远，生活还是挺方便的。不过，我们入学时仍处于1960年开始的"困难时期"，每天的伙食多是简单的玉米面、窝窝头加菜汤，对于来自南方从小吃惯米饭的同学来说，多少还有些不习惯。但年轻人适应力强，很快也就习以为常了。因为师范院校学生免伙食费,有人就戏称我们学校为"吃饭大学";开始我们的伙食标准是每月9元3角(每天0.3元);后来听说毛主席主动降低自己的伙食标准,却指示提高学生的伙食标准(每天0.4元);师大规定家庭经济困难的学生,还可以申请享受每月1—3元的助学金,用来购买文具、凭票供应的食糖,以及理发、乘公交车等开支。我有5个弟妹,4个在上学,家境并不富裕,但省吃俭用的父母每月会汇给我5—10元,在同学中属于条件好的,当然不会去申请助学金了。

进校伊始,给我留下深刻印象的是生动形象的"培养目标"教育:开学第一天晚上,学校安排在大操场为我们播放1955年根据教育家马卡连科名作《教育诗篇》(Педагогическая поэма)拍摄的苏联电影。第二天晚上又放映苏联1947年摄制的电影《乡村女教师》(Сельская учительница),女教师瓦尔娃拉的故事感人至深,许多同学都是含着眼泪看完影片的。文艺作品典型形象的感染力,是一些干巴巴的理论说教所无法比拟的。很快,系里又让我们班与1962届毕业班结为友谊班,了解这些学兄、学姐的当老师志向。进校的第一课,对我们巩固专业思想起到了很好的作用。

• 陈垣校长和程今吾书记

陈垣(援盦)先生(1880年11月12日—1971年6月21日)是创办于1927年的辅仁大学的老校长,1952年院系合并,并入北京师范大学后一直担任师大校长。我们进师大时,他已年过八旬,

母　校

陈垣校长（右）和启功先生（左）

所以难得露面。我们有幸在1962年六十周年校庆活动时见到了他的身影。作为著名的教育家、历史学家、文献学家的他，一生从事教学74年，担任大学校长46年，又曾兼任中国社会科学院历史所第二所所长，特别又是我的研究生导师启功先生的恩师，对他生平事迹的评说资料不胜枚举，就不在此赘述了。

程今吾书记（1908—1970）是著名教育家陶行知举办南京晓庄试验乡村师范时的弟子，1938年初加入中国共产党，曾任延安八路军抗属子弟学校校长兼党支部书记、中宣部高教处处长；1962年到我们北师大任党委第二书记、副校长，1965年任校党委书记兼副校长。我们在校时好像只在北饭厅举行的师生大会上见过程书记一两面，但印象最深的是他在学校安排全校所有学生不分系、不分年级统考作文，规定若作文不过关不予毕业，在学生中引起极大反响，有力地促进了我们这些师范生的文科修养，普遍提高了写作水平。1964年，他发起举办全校的征文比赛，经认真评比，公布了一、二、三等奖的获奖名单。如前所述，我撰写的散文《茶山青青》有幸获得了二等奖，奖品是精装本的《毛泽东论教育》。当时不仅一等奖获得者是体育系的一位同学，而且体育系办的书画墙报也在全校首屈一指，让全校师生对体育系刮目相看，也对文科的政教、中文、历史、教育、外语各系学生起到了积极的鞭策作用。我后来知道，推进写作教学与作文实践，这也是程书记努力实践陶行知的"生活教育"理论，重视学生基础理论教学和基本技能训练的体现。可恨的是"文革"开始后，康生在北师大操场"7·27煽风点火大会"上公开诬称"程今吾是彭真、陆定一黑帮的亲信"，导致当时已患病的程书记被关进"牛棚"，遭到残酷迫害，至1970年5月刚逾花甲之年即含冤去世，实在是我国教育界的重大损失。

• 师大中文系本科教学的老师们

当时北师大主要的八层办公楼"主楼"矗立在进东校门百余米的南侧，中文系的办公室在六楼。我和许多新生一样，到六楼系办公室报到后，最有兴趣的就是了解我们系都有哪些老师。当我们知道系里的老师名单中有黎锦熙、刘盼遂、李长之、钟敬文、穆木天、彭慧、黄药眠、陆宗达、王汝弼、启功、俞敏、叶苍岑、萧璋、杨敏如、郭预衡等多位著名专家和许多中年骨干教师后，十分兴奋！

但同时得知黎锦熙先生年龄大了已不再讲课(他曾是毛主席的老师,记得我偶然在系办公室看到他的工资单,据说比当时毛主席的工资还高);又得知其他老先生中有过半数在反右派斗争中被划为"右派",大多数已不能给我们上课,又很扫兴!后来逐渐知道,当时开展的反右派斗争,师大是北京市委主要领导的蹲点单位,划"右派"有指标,所以被打成"右派"的教师比例远大于北大、清华等兄弟院校,大大削弱了师资力量。还真是"不问不知道,一问吓一跳"!

在1961—1966年的本科阶段,除了政治、外语、教育、逻辑、体育等公共课外,给我们年级两个班上中文专业课的老师主要有:郭预衡、王汝弼、沈藻翔、聂石樵、邓魁英、韩兆琦、辛志贤、张之强、周同春、邹晓丽、张恩和、钟子翱、许钰、陈子艾、梁仲华、童庆炳、程正民、刘锡庆、刘庆福、杨敏如、谭得伶、张鸿苓、刘芳泉、徐健、黄会林、张锐、张俊、李道英、齐大卫等。我相信,当时各位老师讲课的具体内容的记忆虽已淡薄,却已不同程度地融入了我们逐渐积累的学养之中。对于我来说,有这么几个情节是依然清晰的:一是在钟子翱先生和童庆炳老师的文艺理论课堂上,教室后排经常坐着静静听课的黄药眠先生,常常是一顶"巴拿马草帽"放在课桌上,不带纸笔,也不跟讲课老师及同学做任何交流。二是已被"摘帽"的启功先生在新二阶梯大教室给两个年级合堂讲了一回诗词格律大课,先生用火车开行在铁轨上的节奏、驴子的叫声和在黑板上画竹竿竹节,来说明平仄声律,讲得生动、风趣和深入浅出,不仅使我们对平时视为难懂的诗文声律有了基本认识,而且引起了愿意进一步学习的兴趣;他的这堂课也吸引了其他系的一些学生来旁听,不但阶梯教室的后面站满了人,连窗台上都坐了不少听课者。

教学楼前（1962年5月）

三是第一学期古汉语课的期末考试采取了面试的形式——将写了试题的若干纸卷放在粉笔盒中，每人抓阄一个打开答题。考我的正是平日还不能给我们上课的俞敏先生。我抽出一个打开看，原来是要我释读《孟子·梁惠王》上篇中这几句："五亩之宅，树之以桑，五十者可以衣帛矣。鸡豚狗彘之畜，无失其时，七十者可以食肉矣。百亩之田，勿夺其时，数口之家可以无饥矣。"俞先生让我先读一遍后，猛然指着其中一个字说："这个字再读一下！"原来是我带杭州话的方音不合普通话标准。我又读了一遍，觉得没有把握，居然斗胆向俞先生提了一个问题："70岁老人吃肉不是会消化不良吗？"一脸严肃的俞先生笑了，他并没有回答我这个幼稚的问题，但是给了我一个接近满分的"5—"成绩。当时我觉得有些侥幸，

母 校

师大校门口合影（1967年5月28日）

很久以后才知道他的祖籍是浙江山阴，我想兴许是照顾我这个年轻学子的乡音吧！遗憾的是这样面对面便于交流、启发的口头考试，以后再也没有举行过。

当时课时安排最多的是古代汉语、古典文学和古代文学作品选三门课程，而且相辅相成、融会贯通，同学们投入的时间和精力也较多。系主任萧璋先生参加了北大王力教授主编的高校统编教材《古代汉语》的编写工作，担任文选部分的负责人。该教材1962年由中华书局正式出版，我们应该是第一批得到这套教科书的文科学生，而且从第一册到第四册几乎全部讲完，听说在各高校中文系开设的古代汉语课中几乎是绝无仅有的。古典文学和古代文学作品选开始没有正式课本，用的是自20世纪50年代中期开始系里老师自己编写油印的讲义。其实老师们大多不照本宣科，而往往择其重点、要点自行发挥讲解。记得讲古代文学作品选的辛志贤先生很喜欢在课堂上做古代作品中的地名考辨，有时一节课就讲一两个地名。有一次讲到诗歌的押韵儿化起作用，就用浓重的河北方音拉长声调读："在一个漆黑的夜晚er，有一只蛤蟆er，扑通一声跳进水里er！"他说："你们听，这不都押韵吗？"同学们哄堂大笑。当时我也是一笑了。多年之后，1983年初，在师大为黄药眠先生八十华诞举行的庆贺会上，诗人臧克家当场朗诵一首贺诗，我听出也是用鲁地方音拖长声念，原本不押韵的字听着也都押韵了！我这才悟到当年辛先生所讲是从作诗、读诗的人出发来看待押韵的问题，不是没有道理。1981年我研究生毕业前，写了几篇西域地名的考辨文章，辛先生知道了，几次给我写信、打电话，指出现代编著的《辞海》中有些地名解释的讹误，可见他对地名考释一如既往的热忱与用心。学校虽然要求学生预习讲义、课本内容，老师不照本宣科，充分发挥教师兴趣爱好与专业特长，既拓宽了知识面，也启发学生独立思考。

比如张之强老师讲授汉语语法，从古汉语延伸至现代汉语，虽然基本沿用清末《马氏文通》的学说，即马建忠仿照拉丁文语法而构建的语法体系（称之"仿葛郎玛而作"），但也常常有所突破，不囿于成说，提出自己的见解，受到同学们的欢迎。如当时许嘉璐老师在62级主讲句子的结构分析，需要在句子上划线表示，也曾到我们年级做过简要讲解。对此，张老师就在我们年级的课堂上举北京公交车上售票员常说的一句问话为例："车上还有没有没有买票的没有？"问大家："这主谓宾补该怎么划线呀！"大家面面相觑后，吐舌而乐。

因为本科阶段系里的中国古代文学主要采用游国恩先生主编的《中国文学史》做教材，安排不同教师分先秦、两汉、唐宋、元明清各段教学，所以给我们讲课的老师较多，其中郭预衡、聂石樵、邓魁英、韩兆琦四位是主讲老师，授课各有特长和风格，如郭先生讲古代散文精于中心思想与写作特色及文风的分析、归纳，聂先生讲《楚辞》重视以史证诗及社会环境因素考察，邓先生讲唐宋诗词善于声情并茂、条分缕析，韩老师讲《史记》则勇于阐发自己的学术观点。尽管在当时的学术大环境中无论是高校指定教材还是老师们的授课，都不免受到"以论带史"的影响，但我们系多年来形成的重文本、重史实、重考据、重辨析的治学传统在各位老师的教学中还是得到了很好的体现，使我们受益匪浅。只是由于三年级后课时的紧缩，元、明、清时期的文学史教学只能匆匆而过，颇为缺憾。

杨敏如先生本来是讲古代文学的，因服从系里课程安排，给我们年级讲授外国文学。她的课堂语言也十分生动，常配以丰富的表情和手势。她在讲开天辟地人类之初和古希腊寓言时，一句"轻气上升、浊气下降"配以抑扬顿挫的语调和协调的手势给我们留下深刻印象，乃至后来我们去衡水参加"四清"运动时，还在火车上兴致勃勃地和杨先生打趣当时课堂的气氛和听课效果。当时我们并不知道她对唐宋诗词有精湛的研究，讲古典诗词感情真挚，特别受学生欢迎，更不知道她是著名翻译家杨宪益的胞妹，她夫君罗沛霖院士是"两弹一星"功臣。给我们年级讲授外国文学的还有谭得伶老师，她是我们系前系主任、研治中国文学史的著名专家谭丕谟教授

临摹画家列宾画像（1963年）

（1899—1958）的女公子。得伶老师1952—1957年留学苏联，毕业于莫斯科大学语文系俄罗斯语言文学专业，归国后即在师大中文系任教。

谭丕谟教授不幸于1958年10月17日和郑振铎先生同机在苏联境内失事去世后，得伶老师即将父亲的全部藏书无偿捐赠给北师大图书馆。她对俄罗斯苏联文学有全面、深入的研究，20世纪60年代初正值中苏关系处于低谷时期，讲苏联文学作品颇不容易；谭老师为人低调，温文尔雅，介绍作家生平和分析作品客观、公正、细致，而且总是耐心地回答同学们课下提出的问题，指导同学通过认真阅读作品本身来解疑释惑。

童庆炳老师是从越南讲学回来后担任我们班辅导员（班主任）的，并且为我们讲授文艺理论课。该课的课时不多，大概童老师觉得我们的古代文学作品课明清小说是个薄弱环节，也为了加强和班里同学的交流，就在班上组织起一个研读《红楼梦》的兴趣小组，还动员我参加，可惜我当时的兴趣在散文阅读和写作，未能参加，也是缺憾。后来童老师在心理美学和诗学的研究上卓有成就。我在中华书局负责编辑《文史知识》杂志时，20世纪80年代末，特意向童老师约写了两组简论"心理美学散步"与"古代心理诗学"的稿件连载，后来作为单印本收入"文史知识文库"，也算是在编辑稿件的过程中补上了童老师擅长的这一课。

陈子艾老师是教我们民间文学课程的，也担任过我班的辅导员。她和许钰先生都是研究民俗学、民间文学大师钟敬文先生的得意门生，也都因患失聪而讲话嗓门洪亮，加上她有较重的湖南方音，反而能吸引同学们听课的注意力。钟先生因1957年被错划为"右派"，当时还不能给我们上课，但他倾心于马克思学说的学术思想也深刻地影响了许、陈二位老师，因此在我们的印象里，当时的民间文学课和在马克思主义指导下的文艺理论课是相辅相成的。

- 写作训练

在大一、大二阶段，系里还为我们开设了"写作课"，由刘芳泉、徐健两位老师讲授写作知识，但主要是指导我们练习写各类文章，即以写作实践为主。因为我在杭一中学习时，除了规定的作文外，就常常习写日记、读书札记之类的短文，进大学后，又对散文写作有兴趣，就开始在课余时间练习写散文、杂文。我从小生活在秀丽的西子湖畔，有些具体感受，从1961年秋到第二年冬天，陆续写了几篇描写西湖风光的散文，其中《腊梅》一文刊登在《北京师大》校报上。当时刘老师提倡我们多练习写以议论、分析为主的杂文，包括读书札记、影剧观感等，我也常常在自己的笔记本上写此类短文，有时就抄写好贴到班级办的墙报上。记得我1962年10月写的一篇杂文《"镀金"与"冶炼"》，压缩篇幅后正式发表在《中国青年》杂志1963年第2期，得到同学们的肯定。1963年，反映地质学院学生生活的话剧《年青的一代》在北京演出后引起热烈反响，我写了观后感《谈"走正路"》一文，刊登在校报上，据说还引起了其他系一些同学的讨论。我在1963年冬到1965年夏参加的两次"农村社会主义教育运动"中，也写了几十篇札记、随笔、杂感。现在看来，这些在那个环境下的急就篇，内容与文笔都不免幼稚。1965年秋，金敬迈的长篇纪实小说《欧阳海之歌》出版后，我也写了一篇读后感，学校将文章推荐给中央人民广播电台，后安排我于1966年3月12日到位于复兴门外大街的中央台去做了播讲。记得这是我头一次上电台播讲，心里忐忑不安，效果如何也不得而知。通过大学阶段的写作训练，我体会到思想感情的抒发与文字表达的

母 校

刊登在校报上的散文习作《腊梅》

发表在《中国青年》上的杂文习作

密切关联，读与写不仅是文科学生重要的基本功训练，也是从事各项工作必不可少的，加深了对前述程今吾书记提出的"作文不过关不予毕业"规定的理解，也为之后从事教学与编辑工作奠定了基础。

• 公共课教学

母校的公共课教学，政治、外语、教育学（包括教育心理学）、逻辑学、体育，几乎都是必修课。应该说，大多数同学还是比较重视的。只是其中教育学、逻辑学的课时较少，只能是了解一些最基础的知识，浅尝辄止而已。后来在具体的教学工作中，才感觉到这方面的欠缺，特别作为师范院校的学生，还是应该加强对心理学知识的学习和应用。

在公共课的教师中，我们难以忘怀的体育老师梁焕志是必须要提及的。这不仅是因为从1961年秋到1964年秋，他教我们体育课的时间最长，更重要的是虽然他较矮小的身体条件并不适合"搞体育"，但是他不仅对自己的教学热爱并十分认真，而且常常在我们的体育课上述及古代文学、外国文学的知识，又在课外热心于各种义务的服务性工作（如帮助工会购买电影票、组织文体活动，乃至义务清扫校园等）。据说他在20世纪50年代初报考了体院、医学院两所院校，都录取了，他还是选择了体院，因不可能做专业运动员，非常高兴地做了体育老师。其实，给我的感觉，不仅他的体育专业知识是很全面的，无论是田径、球类，乃至举重、体操，他都能切中肯綮地道出要旨；而且也很关注其他各类文化知识，力求触类旁

母　校

通。记得有一回在枣树林上举重课,他在做提举杠铃示范时,还向我们展示了一本相关的俄文教材,"на грудь",他边念俄语边提举杠铃到胸前。然而就是这样一位热爱本职、关心校务的老师,居然在"文革"中也被扣上莫须有的罪名,遭到批斗,导致妻离子散。"文革"结束后不久,我曾回母校一趟,在校内碰见他,叫了一声:"梁老师好!"他含泪紧握我的手,激动地说:"已经有好多年没有人叫我老师了!"我这才知道他的遭遇,当时还没有给他恢复名誉。过了几年,我在看望王梓坤校长和谭得伶老师时提及梁老师,王校长的孩子马上插言道:"嗨,他是'老一百'!"我不解地问:"这是什么意思啊?"他说:"他什么都管,要管一百样闲事!"我这才明白,即便经受了那样的打击和磨难,梁老师热心公益事务的性格脾气依然未改。1978年我回母校读研后,参加校运动会,又在运动场上看到梁老师东奔西跑的忙碌身影,感到十分欣慰。他病逝后,许多人也会常常想起他的好处。我在网上看到一位校友钱志亮写的怀念文章,深有同感。兹特将此文附在下面,也作为我对梁老师的怀念。

怀念"老一百"
钱志亮

"老一百"是北师大人对原公体教研室梁焕志副教授的爱称,据悉当年叫响这一"雅号"的中小学生也该五十多岁了,我呼他梁老师近二十年了,直到参加他的遗体告别仪式才知道他的真名。

听说当年因为他总爱纠正孩子们的运动方式:羽毛球应该

怎么打、乒乓球拍应该怎么拿、什么时候不适合游泳、跑步要穿什么鞋……没有他不懂的,每次验证后都证明他是对的,"老一百"的名声不胫而走。

多数人认识他是因为他爱管"闲事":谁踩了学校的草坪,他会毫不留情地指着你的鼻子大声指责;谁在学校随地吐痰、随地乱丢,他会瞪圆了眼睛冲你发脾气;谁在食堂买饭加塞儿,他绝对饶不了谁,说得你无地自容;大白天如果有恋人搂搂抱抱、行为不雅,他绝对让他们败兴而归、落荒而逃;谁要是把别人的自行车碰倒了不扶,他会不依不饶地看着你扶好了才善罢甘休;学校有活动他都会主动协助把门,即便是他爹没票也甭想进;看露天电影时他一直"巡逻"不让人爬到篮球架、铁丝网上面去,既防止摔伤又保护了公共设施;秋天校园苹果和柿子成熟的季节里,他会每天端个板凳坐在树下边听收音机、边看报、边遛鸟兼看园子;他怕未检疫的女老外把"病"带到学校游泳池来,就以她穿的是分体式泳衣为借口不让她进,坚持"只有穿一件的才让进",搞得金发女郎急了问他是脱上面的还是脱下面的……尽管他拥有真理,但不知得罪了多少人:有一次被人用书包套着头打得鼻青脸肿,还有一次被人把鼻梁骨打断了,但他依旧我行我素!

退休后,每次遇见他,他总是诉说他想继续义务教书的愿望,声称他离不开献身了一辈子的体育教学工作。为了证明他的体格,他曾给我娴熟地表演了单双杠系列动作,据说单位考虑到年龄和体育教学特点等因素一直不敢应允他,他未能如愿以偿后,自己每天到学校收发室义务帮助分报纸和信件,然后

母 校

读报……后来每次遇到他，他诉说的总是国际动态、国家大事、北京新闻、学校的体育工作、学校的改革、学校的发展，让人觉得他对学校的操心都快赶上书记校长了；有时候劝他几句或忙着有事，他会拉着你的手嗔怪道："别打断我，就几句了。"……他每天的午饭和晚饭都是在学校商店吃，以为他是趁人多凑热闹，可他声称：只要我在，小偷就不敢来了！

他从河北固安农村考上了体育学院，毕业后就一直在学校公体搞教学。听说年轻时满头黑发英俊潇洒的他最爱穿西服，但在我的记忆里，他春夏秋冬都是那身运动服。他原本有幸福的家庭，"文化大革命"时夫人离他而去，不久他唯一的孩子也去了天堂……他爱逗孩子们玩，最爱教孩子运动，孩子是最纯洁的、体育是他最钟爱的；他喜欢教女生班，最喜欢漂亮的女生，寄托他对自己漂亮女儿的思念；他吃了一辈子的食堂，最爱吃炒鸡蛋，期望生活的圆满；他喜欢生冷食品，最爱喝可乐，解渴又解饿；他不吸烟、不喝酒——糟蹋身体、浪费钱财；他不打针、不吃药——体育锻炼可以包治百病。

据说他重病住院后拒绝做各种检查与治疗，与其说他跟孩子似的害怕，我倒更相信他在勇敢地面对死亡！他生活在我们周围，可是知道他名字的人没几个；他做了一辈子的好事，可说他好的人并不多；他与命运和世道抗争了一生，最后悄无声息地走了；他没留下片言只语，甚至工资卡的密码……没有直系亲属，没有高级领导，几个从不往来的老家亲戚、老同事、闻讯的朋友送了送"老一百"；没去八宝山，没有哀乐，没人洒纸钱，那天、那时的雪花出奇地大。

梁老师，您一路走好！

在本科阶段，除了体育课，同学们课外的体育锻炼也是开展得挺好的，篮、排、足球运动受场地的局限，我们参加较少，最常进行的是打乒乓球，系里几乎每个班都组织了乒乓球队，自然少不了各班各队之间的友谊赛，当时响彻全国的"友谊第一，比赛第二"的口号是深入人心的。我的乒乓球技术在班里也只是中下水平，因此上场的机会不多。因为在中学阶段就对田径运动有兴趣，因此有空就到操场练练短跑、跨栏、跳远、标枪这些项目，只是爱好，并无突出成绩（仅在1965年参加全校运动会的男子200米低栏比赛中，以29秒8的成绩获决赛第四名）。我印象最深的是，1964年5月，北京市高校第八届田径运动会在我们师大举行，我作为《北京师大》校报的记者在运动场采访，其中对清华大学马约翰教授的专访给我留下深刻印象：这位中国田径协会的主席当时已年逾八十，穿着西装，带着领结，谈起开展体育运动的重要性，仍然兴致勃勃、容光焕发。记得他再三强调体育运动高校师生要起带头作用，不仅要在高校普及，还必须影响全社会。他对我说："我要工作到100岁，活到老，就要锻炼到老；活100岁，就要锻炼到100岁！"然而两年后的"文革"初期，马老即受到冲击，一向健康的他不幸于1966年10月31日病逝，令世人痛惜。

写到这里，我还应该也必须提及"文革"十年内乱，给母校师生造成了无法弥补的重大损失。北师大的"文革"史实，已有若干出版物详述，兹不赘述；"文革"初期，临近毕业及留校待分配的我们，目睹、耳闻了7·27"中央文革小组"江青、康生等人在学

母　校

校大操场的集会上煽动批斗、造反的言行，也闻悉或目睹了造反派在校园批斗彭德怀、罗瑞卿、张闻天、陆定一、彭真等领导人的残酷场景，尤其是学校里不少老教授被揪斗、批判、抄家，责令"写检查交代""劳动改造"，乃至被迫害至死的悲惨遭遇，都在我们心灵深处留下了难以消除的阴影。

- 参加"社会主义教育运动"

其实，在"以阶级斗争为纲"的年代，"文革"之前，在学校党组织的统一安排下，我们也曾响应号召，怀着锻炼和改造自己的真诚，参加了"教育革命""文艺批判"和农村"四清"（清政治，清经济，清组织，清思想）等社会主义教育运动。可以稍记一笔的是：1963年12月13日—1964年2月3日，我们到京郊大兴县凤河营公社参加了"四清工作队"的工作；1964年10月16日（在北京火车站候车时传来了我国第一颗原子弹成功爆炸和苏联赫鲁晓夫下台的消息）—1965年7月14日（回京途中得知王杰同志英勇牺牲的消息），我们到河北衡水郑家河沿公社参加了9个月的社会主义教育运动。前者被有的同窗称为"试水""预热"，即初次亲身接触与了解农村的"阶级斗争"与经济状况，总体感觉还是和善与温暖的。这有我保存的1964年2月3日离村的一段日记为证：

早晨，和吴三奶奶、王海全大爷去告别，他们都非常激动。吴三奶奶依依不舍地拉着我们，一定要我们以后上凤营来玩。

北京师范大学（本科生阶段）

衡水四清外调途中的速写习作（1965年2月）

盛情难却，我们答应了。像我们第一次去访问她一样，她一直送到大路旁。我们走了好远，回过头去望，她还伫立在那儿，望着我们远去……王海全大爷则说不出话来，看他的表情，似乎有很多话要说，可又难以表达；我们也一样。我心里很难受，刚来了几十天，初步建立了感情，可又要离别了！王大爷说："我要不能去送你们，就心送了！"我说："大爷，您的心我们还不知道吗？不用来送了！"中午，我又去跟亢光中大爷告别，他颤动着小胡子，说："你们走到哪儿，我都惦念着你们！你们也惦念我们，把我们这里当作自己的家，千万别忘了啊！"听了他的嘱咐，我心里有说不出的滋味。我们这些青年，真应该更好地锻炼自己，老老实实地为工农大众服务啊！

母 校

　　后者的社会环境与自然环境则对于我们这些年轻学子来讲都是比较严酷的。社会环境在于中央领导层对农村"四清"就有不同方针政策（如中央政治局的"二十三条"对刘少奇及其夫人王光美"桃园经验"的批评），不但工作组成员与农村干部的关系比较紧张，而且工作队成员之间也并不融洽；自然环境则是因冀鲁地区1963年遭受特大洪水灾害，当时衡水的生活条件十分艰苦，大量住房倒塌尚待重建，我们就住在临时搭建的真正与牛为伴的牛棚里，而且开始几个月吃的是捧在手中都怕散的糠窝窝。当时师生们不怕苦、不怕累，工作热情都很高，不但挑灯"夜战"（开会、写材料、与村干部谈话）是常有的事，而且有时还要在乡间小道上骑行自行车几十公里去附近县的公社去外调。有一次外调途中路过衡水旧城古塔，我还用钢笔在笔记本上画了一幅古塔速写，抄录了当时还存在的康熙时期的碑文。如今询问相关研究者，发来照片，古塔已经维修，而康熙碑似已不存，无意中保留了一个文献资料。我当时刚满20岁，还负责了村里的民兵训练（后来听说该村一位青年民兵参军后表现优秀，级级上升，成为我军的一名高级指挥员）。记得1965年春节时，村里举办联欢会，工作队成员和村民纷纷上台表演节目，我班魏成芳同学的京韵大鼓、李兰垣同学的独唱都受到赞赏；记得当时我也上台唱了一首《人说山西好风光》，当然只是"赶着鸭子上架"，凑热闹罢了。应该说9个月的衡水"四清"，对我们这些青年学子的锻炼是多方面的。

北京师范大学（本科生阶段）

八达岭劳动留影（1963年）

- 参加八达岭西拨子林场的植树劳动

在我们上大学的年代，为了防治冬、春季北京比较频繁而严重的风沙侵袭，政府在八达岭长城附近西拨子村兴办了林场，主要承担在附近山坡植树造防护林的任务。我们年级有幸和几位任课老师一起，在1962年、1963年春末之际，两次到林场参加植树劳动。我们的主要任务就是要在光秃秃的山坡上开挖植树的鱼鳞坑。这里离八达岭长城不远，也离因詹天佑而闻名遐迩的青龙桥火车站不远。上山劳动，同学们感觉新鲜，颇有兴致，却从来没有这方面的劳动经验，加上在海拔千米的山上挥镐刨坑，风大、坡陡、土硬，要挖

069

母 校

出符合植树间距、深度等规格的树坑并非易事。因此林场专门指定了相关的技术人员来指导和带领我们。当时我和刘钊学兄负责测距定点的工作，需要拿着土制的标杆在山坡上跑来跑去，也有机会用135小相机为其他同学拍摄一些劳动场景的照片。我们回校后办的墙报《风雨表》，保留了我写的1963年两周劳动的日记，兹选录几则以反映当时思想、劳动的点滴情况：

1963年5月4日　星期六　晴

我们又来到了青龙桥——八达岭下。四周层叠的山峦，大都是光秃秃的，这和南方苍翠碧绿的山峰比起来，真是迥然不同。但是，当我看到去年我们在这山坡岩石上写下的"人定胜天""改造自然"几个大字时，我想：我们就是要用自己的双手，来改造这荒山野岭的。古时，有愚公移山的故事，今天，我们生活在美好的新社会，条件十分有利。那么，只有我们有愚公的精神，就不怕改造不了这些山。不，我们要把它们打扮得比西子湖畔的青山更加秀丽、更加郁郁苍苍呢！

放眼向四周望去，万里长城曲曲折折，蜿蜒在山上，像一条褐色的蛟龙。古代的劳动人民，在极端恶劣的条件下，都能建造出这样伟大的万里长城来；今天，作为一个生活在伟大时代的革命青年，就更应发扬我国劳动人民勤劳、勇敢的斗争精神，埋头苦干，立凌云之志，行惊天之事，誓把我们的国家建设得更加美丽。今天，我们来与悬崖峭壁作战，这不仅是改造自然（客观世界）的重要工作，还是改造主观世界的重要途径。24年前的今天，毛主席在《青年运动的方向》一文中指出：

"看一个青年是不是革命的，拿什么做标准呢？拿什么去辨别他呢？只有一个标准，这就是看他愿意不愿意，并且实行不实行和广大的工农群众结合在一块。"我之所以渴望到八达岭来劳动，也就是为了使自己的思想感情更接近于工农群众的思想感情，更好地改造自己的思想。

5月6日　星期一　晴

在这样高的山上劳动，许多人都是有生以来头一回。这些山海拔一千多米，但相对高度却只有六七百米。可是第一回上山，大家都累得不得了，气喘吁吁，满身都被汗水湿透了。到劳动地点一看，四周的山更高更陡。许多同学说："今天，我才真正理解到，攀高峰是多么不容易啊！"是的，地理上的顶峰和科学的顶峰都不是容易登上去的，没有坚强的毅力，没有咬牙的精神，没有走崎岖小路的决心，也只好望峰兴叹而已。

劳动确实能培养人们大胆、顽强的精神，能锻炼人们机智、勇敢的品质。我参加"定点"劳动，在山坡上跳来跃去，一不小心就会摔下去，要是胆小，一看深渊幽谷就两腿发软，那简直动弹不了。劳动是艰巨的，但又是欢乐的，特别是想到数十年后在参天的松树中，将凝结着我们的一些血汗，心里真是甜滋滋的，有说不出的高兴。劳动创造幸福，这是无须疑问的了。但我们青年学生，对此实际的感受还很不够，再加上几千年来社会上轻视体力劳动的遗毒还在人们头脑中作怪，因此，我们自觉地参加体力劳动锻炼，就更有必要了。

母　校

5月7日　星期二　晴

林场的负责同志讲，挖鱼鳞坑植树造林，是我国劳动人民多年经验的总结，包含着许多复杂的科学道理。苏联专家曾说：要在八达岭造林，必须先解决水的问题。这样，就得再等几十年。可是我们打破了迷信，发挥了敢想敢干的精神，凭着一双手、一把镐，在这里造起林来了。几年的实践证明，我们是对的。本来嘛，自力更生，发愤图强，就是我们的传家宝，一切革命、建设事业，都离不开它。

5月8日　星期三　晴

任何劳动都不是轻而易举的事呀！昨天，我们在西边陡坡上定点，我们不看具体情况，死搬着一点点可怜的知识，就按1米6定了行距，也不管能不能挖出鱼鳞坑来。技术员老曲同志向我们指出了这一点，他说："你们以为定点工作不难吧？事实上是很难的，不仅要有一定的标准，做到'环山等高，品字排列'，还得事先在脑里设想一下挖成后的图景，要有相当的'幻想能力'。但这工作直接关系到造林面貌，必须做好。"我们三个人一声不响地听着，觉得他真给我们上了生动、深刻的一课。虽然后来返了工，延长了半个多小时才下山，但心里却很愉快，这不仅因为我们又得到了一些新的知识、技术，更重要的，是使我们更深刻地认识到劳动的伟大、劳动人民的伟大。冷静地思考一下，动脑筋、出主意，具体问题具体分析，这几点是任何时候都不能缺少的，否则，便会到处出漏子、出问题。

5月10日　星期五　晴

真正的幸福是劳动创造的，真正的愉快是在劳动中产生的。看吧，听吧，无论是在爬山、刨坑时，还是在休息时，大家都是笑容满面、心情舒畅，歌声遍山野，笑语彻云天。虽然劳动并不轻松，但对于劳动者来说，却又是最大的享受。今天，我们在这方面又向着工农群众迈近了一步，这证明自己的思想感情起了一些新的变化，也证明我们在知识分子劳动化的道路上又迈出了新的坚实的一步。

山峰上，风真大，可谓疾矣，但"疾风知劲草"，那山头上的小草、灌木迎着大风，何曾有丝毫的畏色！这使我想起了在艰苦环境里毫不动摇的革命战士来，他们就是这样：环境愈差，斗争愈艰苦，革命干劲愈奋发。今天，我们在山头上也受到强风的侵袭，只觉得身子凉飕飕的，少受锻炼的身体，总有些摇摇摆摆的。挺住吧！今天我们挺住了，明天才能更加坚强，迎战更厉害的风沙。

今天在科学院试验地劳动。技术员老曲讲，试验的结果，需要二三十年后树长大了才能知道，要是失败，又得重订规格，这样还要花三四十年时间。可见，每一事业，都要花多少人的劳动、花多少时间和精力啊！我们常说"前人栽树，后人乘凉"，树不是容易栽的，乘凉的人也应当知道绿荫是来之不易，躺在树底下睡懒觉可不行啊！

母　校

5月11日　星期六　晴

昨晚做了一个梦，梦见我们在一大片鱼鳞坑上出版了《风雨表》第2期，每个坑上都挂着一篇稿。这虽然有些离奇，却悟到一个道理：劳动生活正是我们创作的丰富源泉。这次劳动，确实给我们每个同学带来了很多素材，不但对思想改造极有启发，对写作也很有益处。我们的《风雨表》第2期，确实应该在鱼鳞坑上出呀!

钟（子翱）老师、小程（正民）老师今天下午回校，大家在山上摘了不少野花送他们。在这短短五六天的劳动中，他们以出色的劳动向我们表明：他们不仅在讲台上是老师，在征服自然的战斗中也是我们的教师，毫不逊色，当之无愧。特别是小程老师，身体较弱，但干起活来却不马虎。去年在塞外大漠沱劳动时，他也跟我们在一起，他勤勤恳恳、踏踏实实的劳动态度在每个同学的脑海中都留下了深刻的印象。小程老师呀，你瘦小的身影在我们的眼光里是显得多么高大啊。

5月12日　星期日　阴转晴

下午几个同学座谈一周间劳动收获，有几点特别深刻：

——改造思想必须自觉，否则，即使是再艰苦十倍的劳动，也只能制造出一个"头脑简单，四肢发达"的人来，而不能造就出一个真正的革命者。翻开《雷锋日记》，最鲜明的一点就是他改造思想的自觉性。

——一个人，只有当他融合在集体之中时，才能发挥出自己应有的作用。如梁传豪同学所说:"没有集体的帮助、关怀,我不仅上不了山,还根本不能参加这样艰险的劳动。"

——要改造大自然,必须发挥自力更生的穷棒子精神。苏联专家说八达岭绿化须得先解决水源问题,那就得再等二三十年。可我们总结了劳动人民的丰富经验,挖起了一排排鱼鳞坑,栽上去一棵棵树。二三十年后,一片真正的大森林就要起来了,"是谁绣出了花世界?劳动人民手一双!"这真是千真万确的真理!

——伟大的雷锋精神,一旦掌握了人们的思想,就能变成巨大的物质力量。这次劳动中涌现出来的不少好人好事,不正是生动地说明了这一点吗?

当然,拿当时常说的话来讲,两次劳动中的"好人好事"和"逸闻趣事"还很多,就不在此赘述了。

· 参加国庆节游行仪仗队

我至今都没有弄明白,为什么连续几年首都的国庆游行,都安排我们北师大的本科学生组建最前面的仪仗队;我更不清楚,我这个个子不高也不壮实的学生,居然也会有幸参加了1963、1964两年首都国庆节群众游行的仪仗队,第一次在举旗方阵,第二次进了抬国徽方队。仪仗队是整个游行的先导队,尽管行走的路程不多,但要求步伐整齐划一,尤其是在通过天安门前的约一二百米路段,

母　校

京郊风河营忆苦思甜大会入场券（1964年1月）

必须走正步，所以每次都要安排大量的下午课余时间在大操场训练，既要每个人严格按动作要领练习，又要求每排、整队协调一致。可以说，每回训练下来，大家都是腰酸腿疼胳膊硬的；但想到我们是首先接受检阅的队伍，大家还是格外认真努力，真正做到了不怕苦和累。

在国庆节前一天夜里，我们这些仪仗队队员们就集合了，或步行，或乘车，从新街口外大街的校园出发，黎明前先聚集到离长安街一两个街区的王府井大街、东安门或景山附近，彻夜无眠，要等待几个小时才能雄赳赳地走在游行队伍的最前面。散走、齐步、正步、齐步、散走，过西单后再疏散到附近的街巷胡同里，自行返校。游行指挥部要求方阵过天安门前时，必须在保持队伍整齐、正步规范的同时，目光向右上方对天安门城楼上检阅的领导们行注目礼；这在举旗方阵还好，在国徽队就比较困难了——肩上扛着几米高的大国徽走正步并不轻松，还要目光向右上方注视，实在不易；但这时大家想到这是国家赋予我们的庄严使命，都是尽心尽力的。记得那次国徽队走到西单附近时，高大的国徽模型被当时横贯在大街上的电线挡住了，抬着国徽的队员们只得赶紧喊着"一、二、三"协调动作，弯腰下蹲，从电线下移了过去，总算没有挡住后面的队伍。

我相信，有一点咱们师大的仪仗队员们心中是明白的，当时在北京高校流行的短语说"北大大，清华洋，师大穷"，而师大学生"人穷志不短"，敢于担当像国庆游行仪仗队这样光荣而艰巨的任务且不辱使命，因为我们是未来培植祖国花朵的人民教师。

- 联欢会与师大合唱队活动

在那几年，学校的文艺娱乐活动还是很丰富的。我印象最深的是刚入学不久，班级同学就在团支书宋曦业的组织下举办了一次联欢会，魏成芳同学的京韵鼓曲，宋曦业的独舞，马洪邦的单口相声，李兰垣的女高音独唱，刘增寿的普希金诗朗诵等，都让我们感到了精神愉悦和集体的温暖。那些年的寒假假期短，除了北京本地和家在河北近处的同学，绝大多数人都会留在校内过年。每年春节期间，除了包饺子大会餐，学校都会精心组织一两场联欢会，常常是师生同台演出，校、系领导光临助兴。在热闹非凡的欢声笑语中，使我们这些远离家乡、亲人的学子，在欢度新春之际，淡化了思乡之情，增添了同窗之谊。

学校组织的文艺社团也是多种多样的。我自觉"音乐细胞"欠缺，需要补课，便报名参加了校合唱队。那时，根据湖北省实验歌剧团演出的同名歌剧改编的电影《洪湖赤卫队》在全国热映，《洪湖水，浪打浪》《看天下劳苦人民都解放》等主题歌响彻大江南北，我们合唱队就先排练这几首歌曲。因为当时的总政歌舞团的排练场就在离学校不远的小西天和豁口交界处，我们就专门请他们派专业演员来辅导我们。记得当时每周利用两三个下午的课余时间排练一两个小时，教员严格、认真，队员积极、努力，大概用了不到两个月的时间，全队就拉到中央民族学院的礼堂里演出了一场，效果还是不错的。半个多世纪过去了，我的脑海里还常常能浮现出独唱"含着眼泪叫亲娘"的深沉曲调和合唱"放下三棒鼓，扛起红缨枪"的激昂歌声。

· 京郊延庆教学实习

1965 年冬，作为中学后备教师的我们，在邓魁英等老师的带领下，到京郊延庆县的几所中学进行教学实习。邓先生带着我们组的同学到康庄中学教学初中语文。虽然实习时间只有短短几周，每位实习同学也都只教了两三节课时，但因为是第一次备课写教案，第一次上讲台教课，第一次在黑板上书写板书，第一次与班级同学课堂、课下交流相处，第一次听取实习学校教师的评议，心中还是很紧张的。原先在语言文学以及教育心理学、教学法课程中所学习的

和康庄中学学生的合影

知识，这时感觉虽有用却很不够用了。我的印象，所教班同学大多是当地铁路职工的子弟，纯朴而扎实，学习努力，尽管康庄离京城不过几十公里，且临近铁路，但是属于半山区，当时当地的办学条件还是不够理想的。更有的同学被安排到远离县城的白河堡中学去实习，学校只有一位教师，条件更差。师生们都渴望和北师大的老师、同学有更多的相互交流的机会。同时，完全没有中学教学经验的我们，当然也懂得"教学相长"的道理，很愿意通过这次实习初步获取当好一名中学语文老师的实践经验。因此，同窗们在结束实习后，都和所在班级的一些同学合影留念并建立了通信关系。可惜第二年开春不久，轰轰烈烈的"文化大革命"的先兆不仅改变了这些初中学生的求学之路，也基本阻绝了我们之间的联系。但是我相信，这次短暂的教学实习，对于我和其他在毕业后踏上中学教育岗位的同学，其意义是不可小觑的。

母　校

这次在康庄中学实习期间,我们还巧遇了著名的苏联文学研究家、翻译家戈宝权先生(1913—2000)。他作为新中国成立后派往苏联的首位外交官(临时代办、文化参赞),回国后曾担任中苏友协的副会长。1965年时,他正担任中国社会科学院外国文学研究所的研究员和学术委员,在批判"苏修文艺"的高潮中,奉命到农村进行"科研改革",正好也带队驻扎在康庄中学。因我从中学时期起就对苏俄文学有些兴趣,趁这次机会就向戈先生询问苏联当代文学创作动态。戈先生非常热情地给我和其他几位同学简要介绍了相关情况,并答应回城后再给我寄些资料。我们实习结束回城后不久,我就接到了戈宝权先生用隽秀的小字亲笔抄写在8页稿纸上的两份资料:一份是《勇敢》的作者、女作家凯特琳斯卡娅1960年所著《这样生活才有意义》的故事梗概;一份是戈先生亲自翻译的叶夫图申科的诗作《斯大林的继承者们》,注明"原载1962年10月21日《真理报》"。半个多世纪过去了,这些稿纸上戈老的笔迹已经淡化,但他对于青年学子渴求知识的关切却让我铭记不忘。

• 一波三折的毕业分配

1966年春,"文化大革命"风云乍起。作为"引子",因为对吴晗新编历史剧《海瑞罢官》的批判和我们中文系的教学有比较密切的关联,系里主要由文艺理论教研室的老师们带领,在四、五年级组织了写作小组(又称"大批判组"),指导我们撰写批判文章。一向响应党号召听领导话的我们,认为只是跟之前参加对小说界"写中间人物"的批评一样,是对具体文艺作品的批评,也努力地写了几篇。可后来发现报刊上的一些文章火药味越来越浓,师生们都觉得跟不上形势,又面临夏天的毕业分配,写作组也就自动解散了。

记得就在1965—1966年冬春之际的一天,系里通知我有上级派来的同志要找我谈话。记不清这次个别谈话是在主楼哪个办公室进行的了,其实只有几分钟时间,问话很简单:"你对毕业分配有何打算?"我的回答:"服从组织分配,愿意到艰苦的地方去工作。"来人则又说:"你也要做到条件好的地方去的准备。"这真使我感觉有点莫名其妙,不知是什么意思。后来,在"文革"初期满校园的大字报中,年级党支部委员闻翔(闻一多先生的女公子,之前在数学系当辅导员,后转来中文系本年级学习)的一张大字报透露的内容解答了我的疑惑:说是市委组织部门打算挑选一些毕业生(大字报中被斥为"修正主义苗子")分配到我国驻法国大使馆去工作,这就叫"到好的地方去"吧。又后来得知,当时被约谈的同学,还有我们年级的李长铎、林瑞琪两位同学,以及政教系的沈晖同学。说来也巧,我们四人后来都去了新疆,我到乌鲁木齐,他们三位则穿上军装,到了条件更为艰苦的靠近罗布泊的马兰核试验基地。

因为"文革",我们的毕业分配工作被一再推迟。1966年秋冬之际全国四面八方是人潮涌动的"大串联",如前文所述,我和各系同来自浙江的校友到杭州"串联"了一些日子;后来又去了湖南参观长沙第一师范学校,到韶山冲瞻仰了毛主席故居。1967年初,如火如荼的"夺权斗争"从社会延伸至学校,我们这些没有权力欲、缺乏斗争性的"保守派"就成了名副其实的"逍遥派"。我鼓动同班江苏滨海籍的葛战同学一起回到我家乡杭州;不料在城里又目睹

母 校

北师大东方红战斗队瞻仰毛主席故居合影（1966年）

本科同窗在沙家浜合影（2015年）

当丝绸工程师的父亲被戴高帽陪斗，就干脆到相对僻静的梅家坞去参加采茶劳动了，算是当了一些日子的"隐士"。从1967年下半年开始，我们66届、67届学生的毕业分配总算提上议事日程，开始传来的消息是要分配我到《文汇报》驻京办事处，后来又变为北京语言学院，很快都被取消了；临近岁末，终于正式公布了分配方案，我们班除了两三位同学留京外，大部分都在山西、河北县城中学，我被分到位于太原的山西大学附中的名额，但马上遭到一些"造反派"的反对。虽然我已经将这分配方案写信告诉了父母亲，但还是决定到遥远的边地新疆去。于是便将这个名额让给了别的同学，在自己的分配志愿表三个志愿栏里都填上了"新疆"。这个决定，得到了本年级2班从新疆来的调干生白应东学兄的支持，他们班的维吾尔族同学沙迪克还热情地来教我学习维吾尔文字。为此，年级辅导员韩兆琦老师专门找我谈话，希望我认真考虑自己的志愿，看我意愿坚定，特地送给我一本包尔汉主编的《维汉俄词典》，表达了对我的支持。之后，分配小组批准了我的志愿，但因为当时新疆的局势还不宜去报到，我便又回家乡等待启程的日子。

Urumqi No.19 Middle School

乌鲁木齐市第十九中学

- 进疆第一乐章

21世纪初，我曾撰写了《进疆第一乐章》一文，叙述毕业分配到新疆的初始情形。该文被收入新疆人民出版社2007年出版的《献身边疆教育的人们》（赴疆北师大校友陆计明、任伊临主编）一书，兹先附在下面作为这一部分的开头。

从1967年起，我的毕业分配可谓一波三折：开始分到"《文汇报》驻京办事处"；遭取消后准备改为北京语言学院，又取消；公布为"山西大学附中"，仍为"造反派"反对。因为我自己在分配志愿表上填的三个志愿都是"新疆"，北京师大的分配小组终于在岁末正式通知我被分配到新疆工作，又因当时在"文革"的狂飙里新疆两派纷争犹酣，"武斗"犹未平息，被告知分到新疆的同学暂时不适合前往报到，可在学校或家中等待消息。我不想再置身于校园不平静的派性漩涡之中，就回到杭州家中继续做"逍遥派"。1968年三四月间，同是分到新疆的外语系的蒋森和同学来信告诉我，学校接到先行去新疆报到的化学系朱和生、张银云夫妻的消息，目前乌鲁木齐的局势已渐趋平静，我们可以动身了。于是，我回到母校办好了离校分配手续，与蒋森和一道，买好火车票，于6月上旬的一天登程出发。在师大听说学校仅66届分配到新疆工作的名额是60个（包括分到南疆马兰试验基地的3位——政教系沈晖，中文系李长铎、林瑞琪，都是我熟识的；我们年级另4位是白应东、李德录、沙迪克、郑云云），先我们而出发的已有20多位。当时大学生毕业分配只能有硬座的待遇，从北京到乌市火车要走近80个小时。可我们好歹也算是经过乘坐"大串联"列车锻炼的，这一点旅途的劳顿真是不在话下，怀抱着为边疆教育事业做贡献的理想，似乎一点也不在乎即将面临的困难，反倒有点李太白"青春作伴好还乡"的感觉了。深夜时分，火车行经鄯善到吐鲁番区段时，遇到强风，刮起的沙石暴雨般地击打在车皮和窗子上，发出阵阵响声，车厢也摇晃着前行。我无法入眠，遂拿出纸笔来写下一首触景生情的小诗，现在只记得最后一句是"高奏迎客第一章"。当时并没有料到，这只是北京大学生进疆的序曲，真正的"第一乐章"正在乌鲁木齐等待着我们。

内地分配到新疆工作的大学生下车后被安排住在火车南站下边一个旅馆里，先要接受军宣队的"分配前教育"之后才能正式报到并落实工作单位。其实，那种教育说来也十分简单，就是每天集中一次学习《毛主席语录》（包括最新指示），然后听军代表的训话。只是训话的内容却令我们相当惊讶，不外乎两条：一、你们分到新疆来，要吸取犯错误的教训（大概军代表认为只有"文革"中犯了错误的学生才会被"发配"到新

母 校

乌鲁木齐火车南站

乌市"八楼"（昆仑宾馆）

疆来），老老实实地接受改造；二、新疆"文革"中只有保某某的"3C"派才是捍卫毛主席革命路线的，"3X"派则是错误乃至反动的，你们必须明确表态支持"3C"派。我们下车伊始，根本不了解当地的实际情况，岂能轻易表态？于是绝大多数同学都采取了默不作声的态度。那时吃饭还要粮票，那家旅馆没有食堂，我们被安排在建设兵团一个工厂的食堂，走过去要花20多分钟，更可气的是我们被有意安排跟一批衣服上缝了"牛鬼蛇神"字样白布的人一拨吃饭。大家受不了这样的待遇，就只好到附近的小饭店买馒头、发糕来填饱肚子。大家不表态，军代表好像也不太焦急，日复一日地重复着他的训示。记得有一位西安交大的毕业生实在看不过去，居然当着军代表的面表态要支持"3X"派，听说第二天那位老兄就被人架到郊区去挨了一顿揍。我们还被请去看露天电影，观众大概主要是"3C"派的人，因为播演正片前照例要放映伟大领袖接见该派拥护的新疆负责人的新闻纪录片，每次放到伟大领袖与这位负责人握手时，银幕上的画面就停住不动了，于是，观众中就响起了经久不息的掌声、欢呼声和口号声。大概这样过了有十来天时间，可能是上面有了新指示，也可能是两派的联合有了新起色，我们在饭店接受训示的教育活动终于告一段落，军代表通知大家到设在"八楼"（军区招待所）的分配办公室去落实分配地点和单位。

因为我从北京开的报到单上写明是"乌鲁木齐市"，又是上级明文规定要当老师的师范院校毕业生，所以报到时还算顺利，开了单子让我到市教育局去报到，教育局又将我分到位于"反修商场"（原名"友好商场"）后边的"半工半读师范学校"（因简称"工读师范"，遂引起不少人误会，以为是改造少年犯的学校）。和我一同报到的蒋森和同学则被分到离火车站不远的十二中学。可是有许多别的院校的同学则分配得并不顺畅，尝到了"秀才遇见兵，有理说不清"的滋味。例如各个医学院校毕业的二十几位同学大多被分配到南疆的卫生站、兽医站；西安交大铸造专业的那位仁兄被分到乌市的一家铁锅厂，美其名曰"专业对口"；中央民院一对毕业生（听说是庄则栋的妹妹、妹夫）一个到博乐，一个到温泉，说是"照顾夫妻关系"才都到北疆；一位大连海运学院的同学被分到塔里木农场，理由是"沙漠绿洲也要发展养鱼业"，算是和海洋搭上边了。如此等等，令人啼笑皆非。尽管如此，大部分同学还是一面满肚委屈、满脑疑问，一面满腔热情地各奔工作岗位了。我们北师大地理系毕业的陆士明同学，本来是分到北疆离乌市不远的一所学校的，他听说南疆更艰苦，便主动要求去了阿克苏地区。外语系的沈敏同学是我的杭州老乡，在师大是管弦乐队拉大提

母 校

琴的，我则在合唱队待过，原先就认识，他比我晚到乌市，我去火车站接他。他下得车来，穿着短裤，背包上挂着一块醒目的毛主席语录牌，写着："下定决心，不怕牺牲，排除万难，去争取胜利。"雄赳赳气昂昂地走在大街上，引起不少路人驻足观看（当时乌市几乎无人穿短裤）。他被分到中蒙边界的青河县，在基层一干就是10多年。

我要到工读师范去报到，当时的明园一带是两派冲突激烈的地区，不时会发生武斗。我并不知其中利害，但已经在乌市生活了一段时间的朱和生、张银云二位怕我人生地疏，就主动陪我前往。我们走在"反修路"（原名"友好路"）上，马路上几乎空寂无人，偶尔有一两响零星的枪声传入耳际。我们刚走到"反修商场"门口附近，突然老朱猛地卧倒在地，我和银云还未反应过来，就看见一个土制手榴弹扔在离我们前面不远的地方，蹦了几下，幸好没有冒烟爆炸。就这样，带着尚有余悸之心，踏进了工读师范的校园。说是校园，其实就是两栋苏式的小楼——教学楼与学生宿舍，中间是小操场，并无院墙与周围其他单位相隔（后来听说也是临时借用有色局的，因为要到远郊离达坂城不远的东湖去建校），教工们则住在旁边干打垒的平房里。校领导表面上好像都"靠边站"了，但因为学生也分成了两派，各住一楼，谁也没有掌握"实权"，所以我还是向原校领导报到。学校的原负责人是穆文彬同志，新中国成立初在家乡河南当过小学教员，在乌鲁木齐教育界以狠抓师资而闻名，所以派他筹建工读师范。他那时的年龄也就三十六七岁，可大家都称之为"老穆头"。我来报到，老穆显得十分高兴，马上安排我跟他同住一个干打垒房间。他听说陪我来的张银云已经分到了北门的新疆第一师范学校，流露出遗憾的表情，马上动员还未落实报到单位的朱和生也到工读师范来。老朱没有表态，他似乎有点失望。后来老朱分到十三中，工读师范改为十九中，十三中和工读一中、工读三中都合并到十九中，老朱还是成了老穆麾下之将。到1971年，我们这所市十九中学一下子聚集了8名北师大毕业生（另外7位是：化学系朱和生、范士福、毛拉·库尔班，地理系张增顺、王荣芬，体育系郁志高，外语系朱冠豪），加上北大的二位（张家瑞、陈戈），南开大学的二位（皇甫明远、吕品），北京政法学院一位（王英），内地"名牌大学"毕业生可以编成一个班了，这正是老穆的得意之处，当然这些都是后话了。也就在那一天，我第一次见到了同样靠边站又临时负责总务的何遵礼老师。他带我们到食堂，特意让大师傅为我们做了一顿羊肉抓饭。这是我平生第一次吃抓饭，感觉也是最香的一顿抓饭。不仅是饭香，而且从老何和颜悦色的接待中感受到了久违的温暖。

正式报了到，却并无教学任务。学校1965年冬从江苏和东北招来的首届学生（原先就是高中毕业生）已经基本完成毕业分配，1966年从本地招的一个班，女生居绝大多数，没有上过多少课，处于待分配的状态。一班学生分成两派，通过操场上的高音喇叭"交谈"。我这个刚分配来的新老师，自然成了他们"争夺"的对象（居然为此还为我取了个"元宝"的外号），于是两派学生都来动员我参加他们的"天天读"。我当然不能轻易表态，就采取了"自己读"的办法：每天上午，学着老穆头的样子，盘腿坐在炕上（屋里没有桌子），捧着"红宝书"大声朗读。老穆则是抽着卷得长长的莫合烟，半眯着眼睛，大概是一面听我读，一面想着学生让他"考虑"的"问题"。当老师却无书可教，我颇感空虚，于是又跑到八楼分配办公室去，要求到下面地县去锻炼。一位军代表一句话就把我轰出了办公室："你看看这么多学生找我要求照顾留在乌鲁木齐，你却不想好好待在城里，真不可理解！"回学校的路上，我一直在想：他确实不理解我们到新疆来是为了什么。

不久，工读师范正式进驻了军宣队。几位年轻的战士对学生及年轻教师态度都很好，除了照例天天组织学习毛泽东思想外（称之"雷打不动"），开会批判学校的"牛鬼蛇神"和开展"自觉斗私批修"活动，又进一步落实"深挖洞、高筑墙、广积粮"的最高指示，在学校周围挖开了"防空壕"，同时还组织师生到东湖去建设新校区，日子一下变得紧张而充实起来。到1970年初，"复课闹革命"也提上了议事日程，工读师范停办，要改为普通中学，准备恢复招生，奏响了我进疆后第二乐章的前奏曲。

- 正式成立乌鲁木齐市第十九中学

1969年秋冬之季，我们乌鲁木齐市半工半读师范学校遵照上面停办师范的指示，奉命与市第十三中学、工读一中、工读三中合办成为市第十九中学，并招收了第一届初中学生，生源主要来自附近的长江路、西北路街道和有色局子校的小学毕业班，以及原十三中的学生。开学不到一学期，教育局下令搬迁校址，新址在沙依巴克区的老满城（今南昌路）原煤矿学校校址。从明园反修商场后面的旧址到新址也只有不到两公里的路程，于是，我们带领学生，在寒冬腊月积满冻得坚实冰雪的地面上，一路小跑将桌椅板凳拖进了新校园。

因为原先是煤矿技校旧址，有一幢教学楼、一个大礼堂、一个有250米跑道的田径场，还有几座宿舍楼、一间食堂，比起之前临时落脚的工读师范来，当然是"阔气"多了。当然也不是我们学校独家"占据"——有一幢宿舍楼是解放军某部的教导队办公地，他们有时也在操场上进行少量的军事训练，我们师生就成了观众。

当时的十九中，在还未被"彻底解放"的穆文彬、何尊礼等老领导的务实工作中，加上几位复员军人担任新成立的革委会委员，上级又派来了军宣队，教学工作有了新进展。利用"地大"、师资力量比较雄厚的优势，从1972年初开始招收第一届高中生，生源主要来自原属于有色局子校（包括新疆工学院子弟）、医学院子校、八一农学院子校、油运司子校、十五小和三中范围的初中毕业生，文化课基础比较扎实，加上学校又新添了不少内地名牌大学毕业的老师，大多专业知识比较扎实，成为办学的坚实基础。政治、语文、数学、历史等主课教材是自治区统编的临时课本。老师好好教，学生努力学，成为教学相长、朝气蓬勃的"主旋律"，学校的教学质量也得到了基本保障。

母　校

乌市工读师范、十九中工作证

在十九中宿舍备课（1974年）

• 学工学农学军

根据学生"以学为主,兼学别样",即也要学工、学农、学军的最高指示,带领初、高中学生到市内工厂、市郊农场去劳动,以及参加适当的军训,成为我们学校师生课堂教学之外常态的社会实践。在我的记忆中,从1971年暑期开始到1976年夏天,我们没有放过一个暑假,除了劳动,就是我带领校田径队一些队员训练;而寒假,则是我迢迢万里回杭州探亲的时间。1971年,我担任学校第一届初中年级(称为"一连")的"连长",当时安排我与几位"排长"(班主任老师)带领学生到大修厂参加车间劳动,具体劳动内容记不清了,但劳动期间发生的一件事却难以忘却:一天,发现一位很聪明的女生在工厂"失踪"了,积极寻找了两三天,才发现是因她交友不慎,被一个流氓带走了。为此,在找回那位学生后,公安部门安排我们和三中等学校师生在石油俱乐部礼堂联合召开了一个批斗流氓集团的大会。事后,那个流氓还让那位女生的弟弟带话给我,说要来学校"修理"我;当然,后来他也没敢再来捣乱。我通过调查,得知这位学生在民航局当医生的父亲"文革"中因为"历史问题"受审查不能回家,家里只有祖母照顾起居生活,管不了其他,使她受到社会上一些坏人的影响,成为"问题突出"的学生。后来,我找她谈话,知道她从小爱读书,那时已经读了数十本中外名著,而且作文也写得相当流畅,只是因为缺乏正确的引导才走上了邪路。她毕业时,其父亲已经"解放",希望她能回到山东老家去务农,脱离原来的环境,我也觉得这样较好。可是之后她没有能离开新疆。我后来才知道她临行前受到流氓集团的威胁,不得不留下到了乌鲁

母　校

木齐郊区的农村，而且因个人生活遭遇不幸而罹患精神疾病，令人嗟叹。前几年我回乌鲁木齐时，有学生告诉我，这位女生病愈之后去了国外，过上了基本正常的生活，也曾回新疆探家，令我欣慰。

我们带学生去劳动的工厂还有乌市的中药厂和新疆电池厂等。新疆电池厂与十九中仅一墙之隔，厂里的职工大多是随湖南的某厂援疆而到乌市办厂的，"文革"初期也闹腾过一阵，到1973年才逐渐恢复正常生产，主要生产干电池。1974年6、7月间，我们即带着第一届高中的四个班、初中76届两个班学生去参加"半工半读"式的学工实践，即半天参加车间劳动，半天回校上课，并为工厂编撰"厂史"。作为教师要带头干最脏最累的劳动，我就选择了"压碳包"的岗位：干电池碳包的主要成分是锰的氧化物，另含少量的锌、汞、氯化铵、碳粉和乙炔黑等，那时的机器设备不先进，污染较严重，因此劳动半天下来，工作服和手、脸均是黑的。劳动时间不算长，不算累，同学们也还干劲十足，高中班同学初步完成了撰写厂史的任务。在这之后的1976年元月，市教育局要我协助修改乌鲁木齐三中在天山汽车修理厂办"工厂分校"的总结材料，也涉及该校高中学生帮助编写厂史的内容，我曾特意到汽车修理厂去参加相关座谈会，因为曾指导十九中学生编写电池厂厂史，这项工作就相对顺利一些了。

学农活动则较为频繁，主要是在市郊的三坪、五一农场和米泉县的水稻田。当时我们最发怵的是收割农场的麦子：新疆农田辽阔，不似内地的小块分割，一块大田往往是上百亩地，撒种后大水漫灌，平时没有什么田间管理，产量很低。由于成熟时植株矮小，基本上没法用镰刀收割，往往要蹲下来猫着腰用手拔。一早从地头开拔，

乌鲁木齐市第十九中学

十九中体育队合影

十九中文艺宣传队合影

母 校

干到日当午，还没拔完半垄，直起身来抬头看，一眼望不到边——这是最让我们泄气的了。在米泉的水田里插秧也不比南方，水温低，这是令女生最担心的；还好这里蚂蟥、蚊虫也少，这是让大家比较放心的。带初中学生到玉米地里干活，我们最担心的是有的孩子喜欢折甜黍秸秆吃——糖分高，吃了易上火。有一回一个学生就因为吃多了甜黍秸秆，晚上在农场宿舍里流鼻血不止。我马上带他坐拖拉机到农场卫生所止血，回住所时因拖拉机灯光耀眼，我不小心踩进地边一个小坑崴了脚，脚踝肿得走不了路，加上当时没有好的医疗条件，落下了几十年"陈伤"的毛病。因为我们有的学生来自学校附近九家湾的生产队，我们老师还利用休息时间和学生一道拾粪、送肥料。如1976年1月31日是农历丁巳年正月初一日（星期六），我在日记中就记着："昨晚临睡前得一诗，晨书之贴门上：'移风易俗过新年，上午送肥去田间。午后敲门迎宾客，同贺佳节叙衷言。'上午带高一、高二学生去对面一小队送肥。"送肥回来后，接待了几位来拜年贺岁的同学和同事。

· 军宣队和工宣队

自1968年秋季开始，根据中共中央、国务院、中央军委、"中央文革"的通知，以产业工人为主体，配合人民解放军战士，组成毛泽东思想宣传队，分期分批进入各级学校。这些军宣队与工宣队便一起成为学校工作的领导机构。我记得大约是1969年秋冬时节军宣队先进入我们十九中的，几位队员和学校原有领导及教师、学

十九中操场（20世纪70年代，背景为著名的妖魔山）

生的关系都比较融洽。但之后（大约是 1971 年末、1972 年初）进校的工宣队就不一样了。当时派驻我们十九中的工宣队正副队长张某、沈某不仅一直摆出一副"收拾臭老九（知识分子）"的架势，而且对学生也态度粗暴。有几件事应当是当时我们师生至今仍记忆犹新的：一是有一次在礼堂开大会，那位张队长从台下拉上两位"调皮捣蛋"的学生，居然解下身上的皮带抽打两位学生，引起大家强烈不满。二是他们晚上将宿舍楼的电闸拉掉，吹哨让教师们摸黑打背包后到操场紧急集合，然后要跑步拉练到过境公路边的妖魔山，叫老师们在大粪堆旁"卧倒"（闻臭）——第二天老师们要照常上课，他们二位则在宿舍"补觉"。三是以整团、整党为名，外出调查从内地分来的大学毕业生"黑材料"（其中不乏借机游山玩水）；有一回他们主持"批判刘少奇一类骗子"的整党会，穆文彬主任忍

母 校

无可忍地站起来指着张、沈二人说:"你们不是党员,居然冒充党员来整党,你们才是骗子!"义正词严,压制了他们的歪风邪气。这时我们已得知,这二位不但不是党员,而且是刚从部队复员进城,并没有当过一天工人!1977年11月底学校工宣队正式撤走前,这两位正、副队长已提前离开了,听说他们进八一钢铁厂当了工人。非常巧的是,之前被他们鞭打过的两个学生1972年参军后,这时也到"八钢"当了军宣队员,把他们吓得不轻;但那两位学生跟我说:"我们不学他们,不搞打击报复。"1975年我带高中班学生到离"八钢"不远的农场劳动,那位"张队长"还骑着自行车来农场向我表白:"我现在入党了!"现在想来,当时他们的所作所为,主要是由"文革"中的形势所致,当然也与他们的个人思想品质相关。

- 上公开课与"反复辟""反潮流"

1973年初,在落实"要安定团结""把经济搞上去"的最高指示的氛围中,我们的中学"教学改革"也开始有了起色。当时我担任学校语文教研组组长,奉命在十九中高二(3)班为全市上一堂文言文的"公开课"。我选定的课文是《史记·陈涉世家》中的"陈胜、吴广起义"。这堂课采用"启发式"教学方式,以调动学生的学习主动性,这并非新方法;课堂上学生积极性挺高,气氛活跃。课后我写了一篇谈心得的短文章,刊登在《新疆日报》上。1973年夏初,由于从工农兵中选拔大学生的文化课考试中冒出了"白卷英雄",在"四人帮"推动下,全国范围内的"反复辟""反潮流"之风骤起,

在乌鲁木齐十九中宿舍备课（1975年）

我被贴了大字报，批判我上"公开课"是搞"复辟逆流"，是"要把学生关进课堂，走白专道路"，写大字报的学生署名即为"关不住的孙行者"。看了大字报，我当班主任的高二（4）班学生很气愤，要贴大字报"反击"，被我制止了——因为作为已经经历了多年"文革""大批判"运动的人，我觉得这没有什么了不起的！当时还有人为此组织个别学生写了一篇小说，我成为这篇小说里"搞复辟"的主人公。有学生偷偷拿来那篇小说给我看，我当然也只是一笑了之。多年之后，贴我大字报的几位学生，也都历经风雨锻炼，刻苦学习，勤奋工作，成为高级教师、教授等优秀人才，想必已早有反省。就在1977年恢复高考前夕，有一位学生匿名写了一篇与此有

母　校

关的题为"柴老师和他的学生"的文章，连同另一篇写同学的文章，悄悄放到我宿舍的一堆文稿中，我当时并没有发现，不经意间得以连同其他写作材料一道保留下来；今天读来，这篇短文虽不免有虚构之处、夸饰之辞，恐怕还有一定的参考价值，故特附录于书后。

· 田径队训练

　　因为十九中是新办中学，各方面的条件都比不上市一中、八中、十七中（实验中学）、八农附中等几所学校，尤其是在体育运动方面。比我晚一年多分配来十九中的郁志高老师是我们北师大体育系1968届的校友，立志要改变学校体育运动落后的状况。他知道我也喜爱田径运动，便在校领导的支持下成立了学校体育运动队，分工让我负责训练田径女队。于是，我这个语文老师，就成了业余的田径教练，从短跑到中长跑，从跳高、跳远到跨栏，从投掷铅球、手榴弹、铁饼到标枪，几乎每个项目都有学生参加，其实我自己也在"教"中"练"，实践"教学相长"原则。学生们的积极性都很高，通过课余时间的刻苦训练，体育素质和运动成绩都有很大的提升。一个典型的例子，是我当班主任的高中（4）班班长阎江荣不仅品学兼优，而且有体育特长，她练习跳高后，1972年4月即被选拔去参加自治区的运动会，得了跳高冠军。当时因参加比赛耽误了上作文课，我就让她补写了一篇作文《新的高度》，并推荐给《新疆日报》刊登了。不久，中央人民广播电台还全文播发了这篇学生习作。后来，阎江荣成了自治区体工队的专业运动员，曾打破过女子少年组跨栏的全

阎江荣（左）在乌市中学生运动会百米低栏赛中（1975年）

我在十九中教学生欧嵘跨栏（1976年）

国纪录,还改写过女子五项全能国家纪录。另如高中 1974 届练习投掷手榴弹的赵玲玲同学,不仅打破过该项的自治区纪录,后来从下乡插队的玛纳斯农村考入北京体育学院,又曾获得该项比赛的北京市冠军。更重要的是,在校田径队的带动下,全校学生的体育运动技能和成绩普遍得到提升,1975 年学校代表队参加全市中学生运动会,获得了团体总分第三的好成绩。这里,郁志高和其他几位体育老师花费了大量精力,功不可没;我只是从中协助,而且通过训练,不但自己的体育素质与田径运动成绩有一定程度的提高,和学生的关系也更加融洽了。在学校体育运动蓬勃开展的同时,刘镭、金保禄等老师组建的学校文艺宣传队,孙长喜老师指导的"红画笔小组",朱和生老师开创的校办工厂,都十分活跃而扎实,不仅培养出了有发展后劲的相关特长生,也促进了全校学生德智体的全面发展。

40 多年后的 2015 年夏天,我和朱和生老师一道参加十九中原文艺宣传队部分同学在乌鲁木齐南山的聚会,他们告诉我,正在筹备编印一本纪念册,希望我写序,我即遵嘱写了一篇题为"咱们心连心"的代序,谈了自己的感受。这次也附录于本书之后供参读。

· 战天斗地青年渠

1974 年秋冬之际,学校接到了一个新任务:安排 75 届高中学生到乌市郊区南山大西沟参加兴建"青年渠"的劳动。动员全市各中学的青年学生在缺水的戈壁滩上造渠,对改善乌鲁木齐的生态环境的意义无须言说,但艰苦条件对学生们的考验和锻炼也是可以料想的。全市动员令一下，各中学都行动起来了。隆冬时节，我们十九中几位老师和两个高中班的学生，在空旷的乌市郊野，在已经开挖或准备规划的渠沟附近搭建起了供晚上住宿和白天休息的帐篷。这时，外面的气温已下降到零下十几、零下二十几摄氏度，尽管我们在帐篷中央升起火炉，帐篷内晚间的温度还是常常在冰点以下。晚上睡觉，为了驱寒，我们只好两人合盖一床或两床被子，头上戴着棉、皮帽，甚至套着棉裤。就是这样，同学们在白天依然喊着鼓动干劲的号子，唱着驱散疲劳的歌曲，热火朝天地抬料、挖土、挥镐、砌石，你追我赶，奔忙在工地上……作为语文老师，我觉得这也是组织同学们创作诗歌的最佳环境。于是，动员同学们在劳动中写诗。就在这半个月的劳动之后，我们将师生们的近八十首即兴诗作，油印了一册《青年渠战歌》发给大家。有几位学生将这个油印小册子一直保存至今，成为难以忘怀的珍贵资料。几年前，工作后曾担任有色局纪委书记的赵黎同学将这本诗歌集制成PDF文件发给我，让我再次看到了我当时写的三首诗，其中一首是印在诗集开头的《青年渠战歌·序歌》，兹摘录前半部分如下：

面前，
摆着一本诗集。
心儿，
又飞向青年渠畔。
呵，那十五个战斗的昼夜，
历历在目记心间……

汽车奔南山，

母　校

《青年渠战歌》油印本封面

帐篷把家安。
誓师会，大批判，
入团申请似雪片。
抬石、挖土、放线，
抡锤、挥镐、舞锨。
抢先下冰河，
带病挑重担。
晨操迎来霞满天，
夜战驱走北风寒。
苦攻砌石难关，
喜评三好青年。
帐篷里，打着手电学马列，

月光下，携手并肩把心谈。
清晨挑水冰上走，
深夜为友烤鞋垫。
团旗下，庄严宣誓，
工地上，尽情联欢。
从请战到报喜啊，
脸吹黑，思想变；
腰板硬，志愈坚，
斗争中摔打，艰苦里磨练，
一步一个新起点……

乌鲁木齐教育局主办的《教学通讯》于1975年4月1日用整版刊登了包括这首"序歌"在内的9首诗作。而在艰苦劳动中写诗的同学们，也体会到了"诗言志"的创作动机、过程和乐趣。

• 十九中的学生和老师们

我曾与十九中的老同事们半开玩笑地说：在十九中，大概我是唯一一个当过班长（教工民兵班长）、排长（班主任）、连长（年级组长）、团长（共青团委下属的"红卫兵团"）的教师了。因此，我直接接触的学生、至今仍有联系的学生数量，以及已退休并分居各地的老同事，恐怕也是最多的。当然，在这些成百上千的学生中，我印象最深的还是1971年毕业的第一届初中生,1974、1975

母 校

在乌市西公园和十九中1976届十几位初中生合影

与1976三届高中生,以及1975年入学的初中生,尤其是我曾担任班主任的两个高中(4)班和一个初中(5)班。其实,我当时也就比这些学生年长十几岁。40多年过去了,尽管当时的许多教学、生活场景已经逐渐模糊了,但是我们之间"亦师亦友"的关系却越发清晰而确定了。2009年,我们北师大新疆校友会的任伊临学兄要为《献身边疆教育的人们》编续集,仍约我写稿。我思考再三,觉得当老师最大的心愿就是期盼学生成才,期盼人才辈出,为国多做贡献,于是就写了一篇《乌鲁木齐十九中的学生们》呈交给伊临

与十九中光荣参军的学生合影（1973年）

和十九中高中班几位男生登山留影（1973年）

母 校

兄。其实，现在想来，当时所写仍囿于很多信息的缺漏、主观认识以及篇幅的局限（这篇文章也附在书后，这里就省略不再赘述了）。又一个12年过去了，期间通过若干次在疆几届师生的大聚会（如2015年10月的"同窗情深，师生谊长"聚会有130多人参加）和在祖国各地的小聚会，我得知十九中的学生，走出校门后，无论从事哪种工作，不论在什么岗位、职位高低，也不管是历经风雨、历程艰难，还是鼓足风帆、一路顺畅，大家在人生的历练中还有许多朴实而动人的故事、平凡而杰出的贡献，都让我感慨不已。我真希望其他老师、同学会有更丰富的补充，可以作为激励后人的精神财富。2018年夏天我回新疆小住，在和1974届十九中高中班的一些同学聚会时，写了一首小诗以表达我的感受：

> 四十六年弹指间，相逢聚散都是缘。
> 朝霞灿烂迎风雨，晚晴清新辞劳烦。
> 养老育幼天伦乐，游东览西眼界宽。
> 并肩携手多欢畅，同窗情谊暖心田！

十几年前，当我得知乌市十九中准备筹办建校40年的校庆活动时，我也曾想写一篇介绍十九中教师的文章。我在校工作期间的任课老师中，有北大毕业的2位，北师大8位，南开大学2位，中国政法大学1位，还有西北师大、陕西师大、辽宁师院、华侨大学、山西大学、某军事学院以及新疆大学、新疆农大等高校毕业的若干位，其中还有研究生学历、中专学历的老师，后来校庆活动停办，我的文章也没有写成——主要原因还是感觉在校时忙于带学生，离

十九中74届高二（4）班毕业40年聚会合影

开新疆后与许多同事已失去联系（他们之中有些也已离开新疆，有若干位已经去世），对那些同事们的了解还是很不够的，生怕下笔难免有"亲疏多寡之偏"，很难做到详实、公允。因此，我只能寄希望于以后有人在整理、研究十九中校史时，能编出一本《乌市十九中教师名录》来留作资料。

母 校

- 新的一页

1976年10月，以华国锋为主席的党中央一举粉碎了祸国殃民的"四人帮"反革命集团。在全国亿万民众欢庆胜利的时刻，我们十九中的教学工作步入新阶段，我在新疆教育界的工作也翻开了新的一页。

我志愿加入中国共产党的申请被搁置多年，1976年12月初，根据学校一些党员的提议，校党支部派刘贵华、张家瑞两位党员老师找我谈话，送来《入党志愿书》，告知将讨论发展我入党的问题。几天后，我递交了《入党志愿书》，并确定我的入党介绍人是张家瑞、张增顺两位党员。下面先对他们二位做些简单介绍：

张家瑞老师是安徽宁国人。北京大学1962届中文系毕业。据悉他在北大学习时，成绩优秀，曾承担编撰《中国文学史》的任务。他因为属于出身成分高（"小土地出租"）而在毕业前加入中国共产党的新党员，所以要志愿分配到边疆工作。为办好十九中前身乌鲁木齐半工半读师范学校，他奉命于1965年秋冬之际到江苏、辽宁招收了一批应届高中毕业生，刚带领学生到东湖参加建校劳动不久，"文革"骤起，无缘教学。他为人正直、勤奋朴实、善解人意，"文革"中不做违心事、不讲违心话，被同事们称为"老黄牛"。1968年我刚分配到校之时，他好像还在东湖劳动，尚无缘识面。十九中建校后，他是语文教研组组长，我们语文老师的"领头羊"，检查几位年轻语文老师的教案认真、细致。他上语文课，以声高著称，朗读课文、讲解分析都声音洪亮。因为他夫人是云母工厂三班倒的工人，三个孩子幼小，他又得承担主要的家务劳动，所以常常因疲倦而在教师开会时睡着。因此，教务处后来为了减轻他的负担，根据他的建议，让我接替了教研组组长的工作。十九中建校伊始，他也当一个初中班的班主任，对学生既严厉而又有耐心，有一件我亲眼所见的事——他班里有一位常常不遵守纪律的"调皮捣蛋"学生，一次张老师把他找到办公室来训导，刚说了几句，那学生转身便要跑，张老师一把抓住他衣服，不料他一挣扎，衣服撕破了一角，张老师赶紧拿出针线替他缝补好了。他介绍我入党后，我先被调入培训教师的"红专学校"（市教育学院前身）工作，后来又回到母校北师大读研；他则先在十九中做教务主任，后于1980年调到妖魔山下新建的三十四中当校长，不久又被调到乌鲁木齐市政府当秘书长——他戏称之为"牛马走"，并不适应，还是愿意去办学校教书育人，遂于1985年辞去市政府的行政职务，创办了一所新的乌鲁木齐师范学校。建校辛苦，他又事必躬亲，积劳成疾而英年早逝。他病重疗养时，我回乌市到三十四中宿舍楼他简陋的住房探望，他闭口不谈自己的病情，却和我讨论如何加强师资培训工作以提高教学水平的问题，令人肃然起敬。

张增顺老师是陕西汉中人，他和夫人王荣芬老师都是我们北京师大地理系1966届毕业生，和我同年分配到新疆工作，1970年从别的中学调入十九中，既担任校革委会委员，从事教务管理工作，又要亲自教学（上地理课）。那时学校几十个班级的教务事纷繁复杂，有时还得面对工宣队的横加干扰，一个直爽的陕西汉子，作为党员干部，没有少操心，他的耿直脾气有时还会得罪人。他于1978年从十九中教务主任岗位上调离。后来老两口退休回北京和女儿一道生活，我们还在师生聚会时见面畅叙，可惜十几年前也因病去世了。

母 校

1976年12月29日，在校党支部大会上，15名党员一致通过了我的入党申请。但是因为市教育局党委安排对我父亲的外调工作迟迟没有落实（虽然父亲"莫须有"的"历史问题"已经澄清，而函调工作进展缓慢），所以上级的审批拖延了一段时间，等到1978年初我正式调入市红专学校任教后才正式批准为"预备党员"，后到北师大读研时转正。

1977年是我在十九中当老师的最后一年，也是课堂教学与开展课外辅导、参加高考阅卷工作最为忙碌的一年。年初，市教育局为了加强年轻教师的培训、进修工作，筹建成立"红专学校"，校址设在八一中学。开办初期，不断抽调其他学校的老师去协助备课和讲课；我也多次奉命前往，也不断听到要正式调我去该校任教的消息，当然十九中的领导是不愿意放我走的。12月初，市教育局将我的正式调令发到了十九中，考虑到十九中教学工作的连续性，我同意寒假前先不办理调动手续，同时承担两所学校的教学任务。红专学校先安排我为学员讲授《论说文及其教学》，并准备在新疆人民广播电台的"广播师大"节目播讲；同时和其他几位老师一道制订中学语文教材过渡方案。这一年，我就不断地在两校间奔忙——虽然增加了课程负担，那时当然也没有"讲课费"，我还是从心底里乐意的，因为这也是对自己的极好锻炼。

当年9月，传来了恢复中断了10年的全国高等院校统一招生考试的消息，万众欢欣鼓舞。对于乌鲁木齐已经毕业下乡、进厂，在家或各种工作岗位上的渴望继续读书的学子来说，也是激动人心的好消息。于是，补习、复习各学科知识，就成了准备报名参加高考者的当务之急。从10月份开始，我教过或未教过的一些学生（包括不是十九中毕业的学生）陆陆续续来学校找我辅导功课，我当然也乐意义务为之。据我保存的简单日记记载，从当年10月1日到12月初，为学生做高考语文知识、作文辅导20多次，既有二三人的个别辅导，也有十几二十多人的集体讲授，如12月2日（周五）这一天：上午两节课后，先为两位74届毕业同学改作文，后给十几名应考同学预测语文知识，下午改预测试卷；晚上为十月拖拉机厂的11人辅导高考作文、基础知识等。那些日子虽然感觉有些累，但心情是愉快的，为青年学生渴求知识的上进心和争取有机会深造而高兴。12月5日，我接到通知：8号到市招生办公室报到，参加这次高考语文试卷的评卷工作。语文考试安排在12月11日进行，新疆203个考场、11000多份试卷，我们评阅语文试卷的老师不到30位，包括我在内多数没有高考阅卷经验（我被指定为几个阅卷组组长之一），阅卷老师中有不少位年龄大身体弱，但要求12月30日之前完成全部试卷的评分、记分、登分的工作，确实是相当紧张的。经过大家的昼夜奋战，我们如期完成了任务。因为这是"文革"后第一次全国高考，考试时间、试题均是全国统一的。通过阅卷，我们大致了解到新疆考生的语文整体水平还是比较均衡的，这也等于在某种程度上检验出那些年新疆中学语文教学质量并不差，心里还是比较踏实，感到些许的安慰。后来得知，我曾辅导过作文的十九中一位76届高中生，家长要她考理工科，但她这次参考的语文成绩名列全疆第二，因此被南开大学破格转科录取到中文系了。第二年，我回到母校北师大读研，又有幸参加了1978年高考北京市语文试卷的评阅工作，感觉北京市考生的语文水平，优劣悬殊，除了几所重点中学的考生外，对比之下，其他学校考生的语文成绩（特

母　校

别是作文水平）普遍不如新疆，令我感叹。因为我知道，多年来以新疆乌鲁木齐第一师范学校（新疆教育学院前身）和一中、八中、实验中学多位语文教师为核心的市语文教学中心组，为提升乌市乃至全疆的语文教学质量付出了大量心血。我们市语文教学中心组的教师，大多毕业于内地的重点高校，先后来新疆工作，志愿为边疆的教育事业贡献力量。当然，其他课程的教师也是如此。我曾看到过20世纪60年代中的一个统计数字：当时在新疆工作的大学毕业生占自治区总人口的比例很高，在全国仅次于北京、上海，与广州不相上下。师资对办学的重要性，不言而喻。据我所知，仅我们北京师大1966届毕业生分配到新疆任教的同学即有60人，都为天山南北的教育园地付出辛劳、浇灌汗水，留下了奋斗足迹。2018年夏，在我们进疆50周年之际，我到乌鲁木齐十二中家属院看望半个世纪前和我同赴新疆的师大历史系毕业的傅华国校友，其时他虽已患阿尔茨海默病，却还常常念叨曾经教过的学生们，也仍然没有忘却我这位老校友。我感慨万千之际，吟出一首小诗赠他，也献给为边疆教育事业奉献青春的北师大校友们：

当年豪迈赴新疆，而今衰老鬓染霜。
青春有憾却无悔，夕阳无限仍辉煌。
红柳依然多蓬勃，青松始终最坚强。
晚晴拭干蜡炬泪，喜看桃李更芬芳。

1978年3月下旬，十九中语文教研组为我开会，欢送我正式调入红专学校。红专学校安排我为学员开设"古代汉语"课程。不久，学校改名为乌鲁木齐市教师进修学校。后来，为了进一步充实进修学校的师资力量，市上其他中学的一些骨干教师，包括我们原十九中的刘继岳、刘贵华、刘振凯、朱和生、朱冠豪、孟忠心等老师也陆续调入该校。40余年间，学校逐步发展为市教育学院、市成人教育学院、市职业大学，成为新疆地区培养高技能人才的一所全日制高校。

· 报考北师大研究生

国家在恢复统一高考的同时，也决定恢复招收文、理、工各学科的硕士研究生。这也触发了我希望考回母校读研的念头。1977年11月下旬，我先写信给北师大中文系的韩兆琦老师，询问招生信息；得知系里决定招收第一届古代文学研究生的确凿消息后，又致信郭预衡先生，表达了报考母校研究生的愿望。当时没有想到的是郭先生在回信中说：你们已经离校工作多年，其实可以不必再来读研了。当时我的感觉是郭先生似乎并不赞成我们这些老学生回校读书，有点灰心。

是否考研？另一个让我揪心的是：我刚调入红专学校任教，还未有些许贡献，又想离开学校去读书，学校领导会同意吗？但使我没有想到的是，当时兼任红专学校领导的八一中学郝力妮校长得知我想考研的事情后，非常爽快地对我说："我支持您报考！您考上了，也是学校的光荣；考不上，仍然在学校好好工作！虽然现在教学任务重，我们还是给您一个月的假期复习功课！"力妮校长也是延安

母　校

过来的老革命，她哥哥即是著名的版画家力群（1912—2012）。郝校长对我考研的支持，让我从心底里感受到一位革命前辈对年轻人的诚挚关怀和期盼，不仅使我打消了顾虑顺利报考，同时也尽量用课余时间来温习功课备考，争取不影响正常的教学工作。

　　在红专学校任教的同事，大多是在乌市重点中学任教多年的中年教师，有比较丰富的教学经验，也注意结合中学师资的实际需求，努力探索成人教育的路径。从事语言文学课程教学的孙炳诠（也是我们北师大中文系的学兄）、范德武（武汉大学毕业的高才生）、黄齐光、马克章、郝浚、刘振凯等老师，也在如何提高教学水平方面给我许多启发和帮助。而当时我们指导的学员，也都十分珍惜有进修、提高的机会，如饥似渴，求知欲强，认真好学，在办学初期即形成了求真务实、积极上进的好学风，回到所在中学后逐渐成为教学骨干。我考回北师大后，是带薪读研的，仍坚持配合教师进修学校的教学承担一些工作，尤其是为学校与乌市语文教学中心组合办的小报《读与写》撰写文章，提供心得和信息。

Beijing Normal University (Postgraduate Stage)

北京师范大学
（研究生阶段）

- 考研复试与入学

　　1976年10月，粉碎了"四人帮"反革命集团，"文革"结束。1977年末恢复高考制度。在新疆任教十年后，我于1978年考回母校中文系攻读中国古代文学硕士研究生。据悉，中文系这届只招收古代文学研究生，报考者有180多人，实际参加初试者近150位，都是在报名地参加的师大统一试题笔试。后来，我接到了参加复试的通知后，乘坐了四天三夜的火车赶到北京。得知参加复试者只有19人，复试包括笔试、面试两项。当我坐在久违的教室里，摊开笔试卷子的时候，仿佛面对的都是陌生的试题——"文革"中多年的中学语文教学，加上在边疆平时的阅读范围与条件，一些中国古典文学与文艺理论知识已相当生疏了；有些试题较为生僻，颇难回答，试题中也夹杂了一两道在当时可谓比较"时髦"的问题，如关于批《水浒传》的"投降主义"等，使我颇不适应。因此，我匆匆答题完毕走出教室，看到立足走廊站着的郭预衡先生时，不禁摇头苦笑着对先生说："看来我是不能回来继续学习了！"在面试时，郭先生问我这些年都读了哪些古典文学作品？我如实回答：在新疆教中学语文，除了按教科书备课，参加政治学习（以"斗批改"为中心

母 校

的大会、小会），还要带学生"学工、学农、学军"，加上学校图书馆藏书匮乏，基本上没有什么古籍可看。郭先生又问：毛主席曾就作诗给陈毅同志写信说："宋人多数不懂诗是要用形象思维的，一反唐人规律，所以味同嚼蜡。"能谈谈你的认识吗？我回答：毛主席指的恐怕是多数宋诗的倾向，大概与当时理学盛行有关吧，我读宋诗很少，但朱熹的《观书有感》："半亩方塘一鉴开，天光云影共徘徊。问渠那得清如许？为有源头活水来。"虽然是在讲哲理，却非常生动形象啊！郭先生没有再问下去。面试下来后，我心想，还有王安石的一些诗，如《登飞来峰》《泊船瓜洲》《书湖阴先生壁》等不也是很讲形象思维的吗？或许是我对伟大领袖这封信的主旨缺乏领会吧？

听说这次复试的结果有点出人意料：笔试几乎无人得高分——只有9人及格，从60多分到70多分；面试评判如何则更是不得而知了。系里经过再三斟酌与讨论，遂决定只录取笔试成绩及格者——先通知了陈洪彝、熊宪光、赵仁珪、林邦钧、吕伯涛、于天池、樊善国和我8人，定于1978年9月初入学；另一位万光治则因1964年曾写过"反动日记"被四川师大除名的"问题"而待定——后在郭预衡先生因惜才力主下，于11月入学。因为"文革"后师大中文系首届只招收中国古代文学专业硕士研究生，于是我们这9个男生即被戏称为"中文系九子"；当时招生的导师只列了郭预衡、聂石樵、韩兆琦三位，到第二年，师大党委下达文件：启功先生的"右派"问题得以"改正"，恢复了1956年即被评定、后又遭降级的教授职称，于是和邓魁英先生一道加入了研究生导师的行列。

我们9个男生组成一个班（大概我与"和尚班"有缘），其中

"中文系九子"毕业时和导师合影（1981年）

有5位都是原先师大中文系本科的毕业生：65届林、66届柴、68届吕、69届于，77届樊，一位是首都师院外语系67届毕业生（赵），另三位来自四川（陈、万、熊）。大概是系里一些行政领导、教师及同学和我比较熟悉的原因，系里让我当了班长，后来又充任了学校研究生会的一名"宣传委员"。

· 我们的课程

其实，我认为当时三年的研究生学习生活，应该是现今的研究生们非常羡慕的——导师与我们是真正的"亦师亦友"，师生关系

母 校

十分融洽;除政治、外语外,课程自主、灵活,时间较为充裕,可以有许多时间到图书馆阅览;由于当时中国社会科学院的研究生也住在师大,许多课程也设在师大教室讲授,我们也可以随意去听社科院、艺术研究院专家的课及专题讲座。如属于古代文学专业的:谭家健先生讲古典散文、曹道衡先生讲南北朝文学、张白山先生讲宋诗评价、吴世昌先生讲宋词、刘念慈先生讲宋元南戏、邓绍基先生讲元杂剧、朱星先生讲古典文学基本知识。其他专业如:任继愈先生讲宗教哲学、戴不凡先生讲戏曲理论、张庚先生讲戏曲史编撰、杨堃先生讲民族学、孙毓棠先生讲欧亚大陆民族大迁徙、陈荒煤和蔡仪先生分别讲文艺理论。我们的指导教师还专门请刚从海外归来的叶嘉莹先生讲诗词鉴赏,请牟润孙先生讲宋明理学和目录学,请袁晓园先生讲"汉字现代化"等。我们还听了国家图书馆专家开设的"图书版本目录专题讲座"。这些都大大拓展了我们的学习视野。另外,导师们不要求甚至不赞成我们在学习期间发表文章,使我们完全没有这方面的思想负担与压力。研二时,我读了向达先生《唐代长安与西域文明》中所附的一位日本学者的文章后,写了一篇习作《胡旋舞散论》,启功先生让我寄呈北大阴法鲁先生求教。阴先生不仅很快回信热情指教,还特意介绍我到艺术研究院舞蹈所听吴晓邦等舞蹈史专家的系列讲座。我的文章不仅很快在《舞蹈艺术》上刊布,而且因此结识了王克芬、叶宁、彭松、董锡玖等一批专家,后来还参与了"敦煌舞谱"的整理研究工作和《中国大百科全书》"音乐舞蹈卷"的条目撰写,获益匪浅。

1981年3月19日,年近古稀的戈宝权先生到北师大文科楼为师大文科及社科院部分研究生讲《阿凡提故事》的流传,我有幸再

北京师范大学（研究生阶段）

启功先生在故宫答疑（1982年）

启功（右）、钟敬文先生在杭州西湖边（20世纪80年代）

母 校

次受教。当时他已记不清1965年为我寄苏联文学材料的事，但依然十分热情地回答同学们提出的问题。他去世18年后（2018年5月），我找出了当年的听讲笔记，整理出了一篇文章，以缅怀这位杰出的苏俄文学专家和翻译家。（见本书附录六）

在母校本系和外系，老师们还请了系里的钟敬文先生为我们讲"马克思的神话见解"，请陆宗达先生为我们讲训诂学，请萧璋先生讲古汉语同义词辨析，请李修生老师讲明代小说，请张俊老师讲《红楼梦》，请历史系刘乃和先生讲历史纪年。研二时，俞敏先生还为我们讲了"佛经翻译文学"。他为1979年招收的古汉语研究生班开设了印度梵文课，用的是俄文讲义，我也去旁听了一段时间，后来虽然因难度大和时间关系打了退堂鼓，还是学习了古梵文字母及拼写等最初步的知识。记得当时我准备写一篇元代维吾尔族散曲家贯云石（酸斋）的文章，在图书馆借书时碰见俞敏先生，就散曲中常出现的"那答"一词是否是古代维吾尔语汇 ned ò（哪里）的汉译向俞先生请教，得到肯定。1979年12月，已经76岁的黄药眠先生，还给我们上了一堂谈《卖油郎独占花魁》的分析课，示范了现代文艺理论在分析古典文学作品中的应用。有一回，我们和系里教职工一道听报告，恰好看见黄药眠先生坐在我前面一排，便向他请教他最初翻译苏联《喀秋莎》一歌中第二句歌词"雾游泳在小河的上头"的问题（该句歌词后来通行本译为"河上飘着柔曼的轻纱"），黄老很谦虚地说："我当时只是直译，后来别人翻得比我好。"其实，我觉得后来的通行译文有利有弊，如该歌第一句的原意是"苹果树和梨树的花正在盛开"，后来译为"正当梨花开遍了天涯"，虽适合歌咏却并不确切。

• 启功先生讲课与多方指导

中国古代文学史与文学作品的教学、科研，在20世纪80年代前已经形成了不少条条框框，许多模式，若干套路。比如思想性与艺术性的分析，时代背景与阶级局限的阐述，风格与流派的归类判断等，虽然不是全无道理，却常常犯主观片面的毛病，形成教条乃至僵化，有的还自相矛盾。虽然我们读研时的古代文学专业课还是以先秦、两汉、魏晋南北朝、唐、宋、元、明、清的时代为序，由五位指导教师分别讲授，但基本上都是脱开了原先的传统教材，老师择重点、要点、难点讲解，因此在听讲时记笔记成了第一要务。万光治学兄是这方面的高手，所以多年以后他还能将这些笔记整理成文。启功先生既不赞成只让他讲"唐代文学"，也不赞同将唐代文学死板地划分为初、盛、中、晚。他特别指出："似乎文学的发展，常常随着历史的标志为标志，某朝某代，什么初盛中晚、前期后期。其实文学和历史，并非双轨同步。文学家们，并非在'开国'时一齐'下凡'，亡国时一道'殉节'。"当时系里只安排启功先生给我们讲七次唐代文学，他认为过于狭窄，又主动到我们宿舍讲了八次，内容涉及整个中国古代文学史中的一些重要问题，如六经皆史料的问题、作家流派及评价问题、诗书画关系问题、诗文声律问题、八股文问题、清代子弟书问题等等，均不落窠臼而独辟蹊径，都有独到精辟的创见。正是这些轻松的杂谈、对话式的授课，开拓了我们的学术视野，丰富了我们的专业知识。后来，居然听说系里还有人向上反映启功先生不遵照统一安排私自加课，真是既无聊又十分可笑！后来编入《启功全集》的《启功讲

母 校

和启功先生合影（20世纪90年代中）

启功所书教育心志（1985年）

学录》，就是主要根据赵仁珪、万光治二位的听课笔记整理而成的。1985年9月第一届教师节时，启功先生特意写了一幅字："得天下英才而教育之一乐也"，表露了他的朴实而崇高的心志。

自启功先生加入我们的指导教师阵容后，我不仅有幸能常常到启先生在小乘巷的居所或后来师大红六楼家中聆听教诲，观赏他挥毫写字作画，看他待客，听他聊天，乃至陪他在家里或外出用餐，出席一些社交活动。我心里清楚，启功先生没有子女，不仅把我们这些学生都视为自己的孩子，也是可以信赖、交心的朋友。先生喜欢写字、作画、吟诗，经常将刚刚完成的作品展示或诵读给我们，谦虚地征询我们的意见。同时，虽然当时不要求学生发表文章，但启先生对我们平时的练笔写作是充分鼓励与热心指导的。1980年初，我试着写了一篇介绍元代维吾尔族散曲家贯云石的文章初稿，准备投给《文艺研究》杂志。启先生看了，就建议我再去认真阅读陈垣老校长的著作《元西域人华化考》，鼓励我用文言体写一篇关于贯云石的补充短文。先生说："练练笔，写了不必发表，拿来给我看看即可。"于是，我就用很不规范的文言撰写了《贯云石及其散曲补叙》一文呈交启先生审正。我明白：写这篇在文体上"不合时宜"的短文，除了让我从陈校长的著作中汲取营养外，也是要我练习写作。1980年夏天，我为了撰写关于岑参边塞诗的硕士论文回了一趟新疆，到天山南北做了一次实地考察。回北京后，我写了几篇考辨新疆地名的文章，这是我第一次写考据文章，心中无底，就呈请启功先生批改。没想到先生为了鼓励我，马上将其中两篇文章寄到中华书局，推荐给刚创刊不久的《学林漫录》发表，这就是刊登在《学林漫录》第二辑上的《"瀚海"辨》和第七辑中的《岑参边塞诗地

母 校

启功先生推荐信（1980年）

名考辨》。十多年之后，我才知道启功先生为此给当时负责编《学林漫录》的傅璇琮先生写了一封信。承蒙傅先生提供此信复印件，信的全文如下：

> 璇琮老兄：
>
> 兹补呈文稿三篇，一为金文略说，乃俞敏先生作。另二为柴剑虹同志作，皆关于岑参之事，附照片三页。柴在新疆工作有年，此照片乃其今夏自拍者。三稿请审阅，何处可用，请随意处理。如不适用，退稿无妨。柴文尤望赐以指正，此人为高材研究生，公曾于讲学时见之者。俞文似太古，渠亦未谙嘱代

投，此弟为《漫录》拉稿耳，备用而已。拙稿廿首不够《文史》水平，《文史》当另以《耳食录》补白，请转告吴兄。

弟功上　　九日

启先生的推荐，为我毕业后进中华书局工作打下了基础。

- 到南开大学中文系听课

乌市十九中一位1976届毕业生1977年到南开大学中文系学习，因她告知班级同学都很优秀，老师上课也有特点，于是我决定于1980年4月中到南开中文系1977级这个班去听几天课。因为谭得伶老师的夫君王梓坤院士在南开数学系任教，谭老师让我顺便带些蔬菜去王老师宿舍看望。我4月19日这天的日记里有这样一段文字：

进校门拐一个小弯，就找到了王梓坤老师的住处——北村15楼404室。已经快2点了，他才吃午饭，而且未吃完又得赶去参加一个天津市劳模的会议。他客气地让我中午独自在他房间休息。他的生活是简朴的，整天埋首于学术的人，大概也只能这样生活——但他与陈景润不同，除了在数学王国的"马尔科夫过程"中游弋外，还特别喜欢中外古今的文艺作品，床头堆了许多有关书籍，包括新出版的《乔厂长上任记》。谭老师让我给他带来一些菠菜、豆芽，他已经很高兴了。中国的学者

母　校

本来是世界上最能吃苦的，只是研究条件实在太差了。

我知道，王老师的名著《科学发现纵横谈》于 1978 年出版后，在读者（尤其是青少年读者）中引起热烈反响；但这次他还告诉我，他在武汉大学数学系读书时就写过一篇小说发表了，连他夫人谭老师都不知道。他 1984 年调任北师大任校长，也结束了夫妻多年的两地分居生活。

这次在南开 4 天，听了古典文学、古代汉语、外国文学课，又与该班好多位同学接触，感受颇多。老师讲课不拘一格，同学博览群书和自由讨论学问也蔚然成风。当时各校 77 级同班学生年龄差距大是共同特点，而学习努力、成绩普遍优秀，毕业后继续攻读硕士、博士学位也是共同特点。南开中文系这个班后来得到著名学者叶嘉莹先生的重点指导，不仅古典文学学问大长，而且出了几位作家。当时他们班年龄最小的刘跃进同学，成为研究中国古代文学卓有成就的中国社会科学院学部委员。

· 外出学术考察

1980 年初，我们从社科院研究生那里得到一个消息，说在准备学位论文期间，研究生可以有一次到外地进行学术考察（或曰"访学"）的机会。于是，同窗们就让我找学校科研处提出申请。当时负责这方面工作的，是本科阶段曾给我们上政治课的郭静嫒老师。她十分理解我们希望"走出去"进行学术考察的要求，很快就批准

北庭故城考察照片之一（1980年）

了我们在暑期访学的经费请求。我们九人兵分几路，大多数同学下江南，我则结合写西域边塞诗研究论文的需要，坐三天火车回到乌鲁木齐。9月初，在新疆考古队的帮助下，我先到了北疆的吉木萨尔县——前一年夏天我曾来这里考察北庭故城遗址，并参加了附近回鹘佛寺（西大寺）的挖掘工作。这次除了了解西大寺的发掘进展外，主要是对故城做了比较全面的踏勘，获取可贵的一手资料。这次在当地的考察日记，已收入公开出版的《剑虹日记》中（青岛出版社，2018），我拍摄的故城遗址照片，也提供给了相关的考古工作者，兹不赘述。在乌市休整一周多后，我又乘一架半新不旧的伊

母　校

尔-18小飞机（满座才32人）赴南疆库车地区考察。这是我生平头一回坐飞机（当时机票价格才几十元），也是第一次到除了吐鲁番以外的南疆考察，历时一周，深感新鲜，也体会到交通之不便（基本上是搭便车、步行及乘长途客车）。因为事先到自治区文化厅开了介绍信，又得到在当地进行石油勘察同志的帮助，总算初步考察了库木吐拉千佛洞石窟、铁门关等遗址。这几天的考察简况，也已收入了《剑虹日记》。期间所写的《救救库木吐拉》短文及诗歌，则分别刊登在第二年的《新观察》杂志和《人民日报》上。

• 学位论文的写作与答辩

　　第四学期开始不久，系里要教研室进一步确定各位研究生硕士论文的指导教师；唐宋文学的论文由启功、邓魁英先生分别指导。当时，我希望能由启功先生来指导我做论文，因为我为写论文特地到新疆的库车、吉木萨等地做了实地考察，已经写了几篇短文请先生批改，先生心中也明白；但当时写"唐宋段"论文的林、赵二位都希望在启先生名下指导论文写作，让我"发扬风格"，由邓魁英先生指导我的论文写作。记得有一天从主楼出来，启功先生与我边走边谈心，罕见地做我的"思想工作"，他讲："你是党员，又是班长，要发扬风格，既要服从组织安排，又要照顾同学情绪，我相信你一定可以在邓先生指导下做好论文。至于课外时间，我衷心欢迎你多来找我闲聊，需要我做什么，也不必有顾虑，咱们心照不宣哦！"可以说，正是这几句话，进一步继续与加深了我与启功先生

启功先生在我的学位论文答辩会上宣读评语（1981年）

的师生情缘。我说："没意见！我也很愿意请邓先生指导我写论文。15年前我的教学实习就是邓先生指导的。"其实，不但我撰写《岑参边塞诗研究》的硕士论文，启先生、邓先生给予了诸多关切，除林、赵二位外，其他一些同学的论文在写作中也得到启先生很多指导。

1981年5月，启功先生又写信请傅璇琮先生来师大参加我的硕士论文答辩。全信如下：

璇琮同志：

台旌荣旋后，尚未获晤。兹有二事奉求，恳予分神指教：一、杭州美院研究班朱关田同志撰李邕行年考一文，拟求赐予指正，兹介绍往谒面谈，望赐延见。二、师大柴剑虹同志毕业论文关于岑参者，敬求我公为校外审查，赐予评定，并参与答辩，其

母　校

　　文公已大致看过，过目当不多费时间也。容当面谒详罄。即颂
　　撰安！

　　　　　　　　　　　　　　　　　弟　　功敬上　　七日

　　参加其他同学论文答辩的师大以外的好几位专家，如张岱年、冯其庸等，也都是启先生亲自邀请来的。同样，其他几位导师在论文指导上也耗费了不少心血，我感觉当时最突出的共同特点就是鼓励学生充分发挥主观能动性：想做什么题目，如何构思，怎样组织成文，立论主旨，篇幅长短，都由我们自行决定，没有限制；老师只是协助提供一些应扩展阅读的参考书目或文章，但特别提醒要注意避免基础知识方面的错误，包括一定要规范使用语言文字，不能有"硬伤"；鼓励我们写出初稿后，要多修改几遍，争取精益求精。总之，我们的论文撰写、修改、答辩以及学位申报等，都还是比较顺利的。需要写一笔的是，答辩完成后，不是像现在这样由学生请老师吃饭，而是启功先生请我们九人到"同和居"吃了一顿丰盛的午餐。

　　论文答辩后，我们的读研即进入了毕业分配的阶段。有的读本科时熟悉的老师希望我留在中文系，但学校明确表示：从北京考入读研的4位有北京指标，可以留校工作；其他从外地考来的学生则需自行解决。当时我家中希望我能回南方工作，我则表示仍回新疆当老师，新疆的一些同事也希望我回乌鲁木齐。启功先生虽然一直没有表态，但我知道他是希望我留在北京的。后来，当他听我的一位在社科院考古所工作的老同学讲，已经为我争取到一个留京指标时，就很明确地告诉我，他要推荐我到中华书局工作。他对我讲：

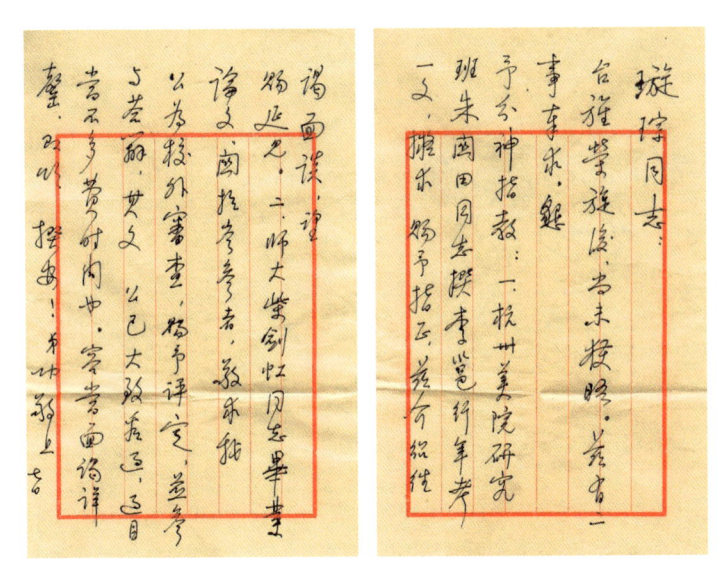

启功先生邀请傅璇琮参加毕业论文审阅与答辩信（1981年5月7日）

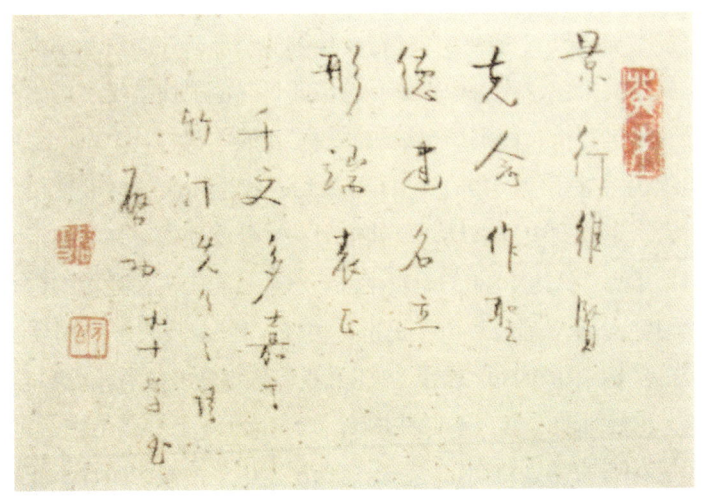

启功先生晚年书赠《千字文》嘉言（2002年）

母　校

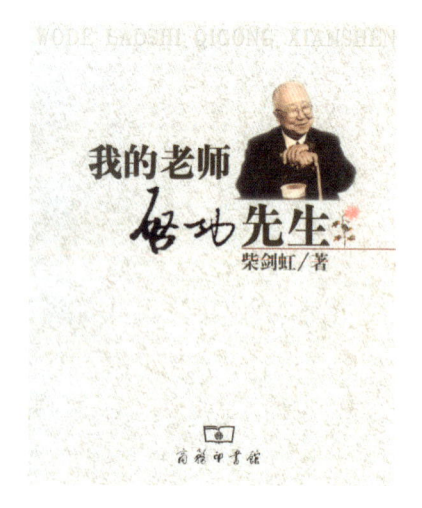

《我的老师启功先生》书影

"你的文章曾在《学林漫录》发表，毕业论文也请了中华的傅先生审读，我觉得你到中华去工作比较合适。"启先生还讲了前些年他在书局参加点校二十四史与《清史稿》的情形，并深情地说："中华是我第二个家，我对中华是有感情的！"他很快就给书局的有关领导写了推荐信，而书局也很快办理了我的入职、转户口、工资、党组织关系等手续。1981年11月中旬，我再一次搬离母校西北楼的宿舍，正式到中华书局人事处报到，被分配到古典文学编辑室做编辑，开始了长达40年的编辑生涯。恩师启功先生在我做编辑后，依然对我无微不至地教诲、提携、关怀；他90岁时，还用硬笔写了《千字文》中的四句"嘉言"赠我；我曾将自己多年的感受和心得，撰写、出版过两本书：《我的老师启功先生》（商务印书馆，北京、香港2006）与《高山仰止——论启功》（中华书局，2012），就不在本书赘述了。

结 语 Epilogue

我读小学 6 年、中学 6 年、大学本科和研究生 10 年，新疆教学 10 年，32 年间，母校在德、智、体、美、劳各方面对我的培育与锻炼，对我的谆谆教诲，对我的滋养培育，真正恩重如山，没齿难忘，绝非上面这些简单的文字可以表达准确、完善的。我之所以要在古稀之年撰写这本小书，还是想强调我切身的感受：学校教育是国家强盛、人民聪慧的核心事业，是保障文化传承、科技进步、经济繁荣的国之重器，既需要千千万万教职员工的无私奉献，也需要千千万万莘莘学子的勤学苦练，应该是培育具有家国情怀和真才实学建设者的摇篮、聚宝盆，决不能成为"一心向钱看"的某种"产业"或"摇钱树"。

我国几千年的学校教育史，精华闪耀，也不免有糟粕，但教书育人、无私奉献始终是一条主线。"学为人师，行为世范"的北师大校训，应该成为所有教员遵奉的座右铭；追求立德、立功、立言，也始终是学生奋斗的正确目标。将学校喻为慈母,将教师尊为严父,将学生称为学子,正说明了"人"是学校教育的主体——人建校,人办学,人教书;人编撰课本、教案,人制订与执行方针,人摸索与实施方法,人学习、探索知识,人化知识与技能为力量……因此,母校在社会、在人们心目中的地位,实即是"人"在国家、民生中的地位。诚如百年前由母校杭高前辈学长夏丏尊作词、李叔同谱曲的《杭高校歌》所咏唱的:"人人人,代谢靡尽,先后觉新民。可能可能,陶冶精神,道德润心身……"正突显出"人"是母校的核心和主体。因此,尊崇母校,期盼以"人"的进步,保证学校教育的进步,推动国家与社会的进步,也是我写这本小书的初衷。

(2021年6月14日辛丑端午完稿)

附 录 Appendix

【一】
张抗抗：难以缄默

我不断地被另一个噩梦惊扰着，那个令人心悸的声音来自我的故乡杭州。

我的长篇小说《赤彤丹朱》系列之一《非黑》中，有这样一个段落：

> 到了1955年5月反胡风运动进一步扩大，全国掀起肃清暗藏的反革命分子的高潮。杭一中有个教师叫刘季野，因同胡风通过两封信而被捕。妈妈同这个刘季野曾在一起谈到文学什么的，上头就让她交代与刘的谈话内容。很快，爸爸被通知不许回家了，就住在办公室里。

仅仅是这几句语焉不详的文字，近五年来，一直被杭州一中（现为杭州高级中学，我的母校）1956届高中毕业的几十位同学铭记在心。他们当年的语文老师刘舜华（笔名刘季野），1955年被当作"胡风分子"逮捕。而今胡风冤案早已平反，那位刘舜华老师却如石沉大海，杳无音信。

母　校

　　1996年，我收到来自上海704研究所李福天先生的信。他于1956年毕业于杭州一中，现在是上海研究所研究员。对刘舜华老师的怀念以及社会责任感，使他和许多当年的同班同学，相约一定要把刘舜华老师的事情弄个水落石出。由于我一时无法提供更多的真实情况，便将李福天的信转寄到住在杭州的父母手中。几年来，李福天一直同我父母保持着联络，并告知寻找刘老师下落的进展情况。据父亲回忆，他和刘舜华也曾相识，他们之间最后一次会面，大约在1955年的一天，那时批判胡风运动已经开始，父亲突然收到刘舜华的来信，要求将自己曾借出的梅里美的小说《卡尔曼》和另一本书归还给他本人，会面地点定在武林路狮虎桥边。在那个特定的年月，见面时彼此不敢多说多问就匆匆分手。也许刘舜华已预感到灾难的逼近，便悄悄地清理着身边的琐事。此后，刘舜华便从父母的视线中完全消失了。

　　1998年我收到母校复刊后的校刊《杭高人》，上面刊发了李福天的文章《迟到的哀思》，读后我才得知，那段时间里，经校友和李福天多方探询，终于了解到刘舜华老师早已在劳改中去世，但其具体死因和经过仍然无从知晓。这篇文章在校友中引起强烈反响，读后让人心情越发沉重。我父亲鼓励李福天直接向有关机构查询。直到2000年3月，终于得到浙江省监狱管理局的复函，证实刘舜华确于1962年1月27日在十里坪监狱病死。令人不解的是，监狱的复函中，却只字未提刘舜华所受的胡风冤案牵连之错，信函上只简单地交代："刘舜华因反革命罪于1955年7月13日被逮捕"，那么逮捕后审理的结果、宣判的决定是什么？后来的刘舜华又遇到了什么样的不测，以致长期关押最后冤死狱中的呢？

李福天和他的同学校友，为刘老师的不幸遭遇而痛惜，他们公开表达了自己的心情和态度——如此冤案至今不得正名，同党的知识分子政策、实事求是的方针是绝不相容的。

　　刘舜华，江苏邳县（今邳州市）人，河南大学中文系毕业，1955年被捕时26岁，未婚。其妹刘舜英，在刘舜华被捕后下落不明。面对这样一个本人已死，亲属无从查找的局面，李福天清楚意识到，为刘老师申请复查平反这一费时费力的工作，已经责无旁贷地落到了他和同学们的肩膀上。

　　原杭一中即今杭州高级中学校委，本着对历史、对本校教员负责的态度，支持当年刘舜华教过学生的要求，于2001年2月20日，向原判机关杭州下城区人民法院呈送了《关于提请复查刘舜华案的报告》。到了2001年7月，我收到李福天的来信。这封信给我带来的消息是：通过一定的手续，他和几位同学已经查阅了当年的案卷，获知了部分材料。其中有：下城区人民法院刑事判决书以及刘舜华不服上诉后，市中级人民法院的维持原判管制2年的刑事判决书。李福天在信上说，即使按此判决，刘舜华从1955年6月被判处管制二年，也应于1957年6月期满。而杭州市中级人民法院开庭审理上诉，却是1957年7月19日。维持原判的判决在宣布时，早已过了刘舜华的管制期，刘舜华怎么会到1962年还待在狱中呢？

　　有一份保存在下城区人民法院的公文稿，主送机关是慈溪县人民法院。这份公文稿中写道："关于被告人刘舜华为反革命一案，本院审理判处管制2年（原系由市五人小组批示管制3年，后因在审理中发现事实有出入，因此管制2年），但被告人刘舜华在管制期间表现极坏，态度极不老实……"

母　校

　　以此推断，由于刘舜华管制期间所谓的"表现极坏、态度极不老实……"导致他在劳改农场管制期满后，又被转入庵东西三盐场继续劳改。这个"表现极坏"的记录，使得刘舜华一再被延长劳改期以致最后丧失生命的原因，不言自明了。

　　读一读刘舜华在1957年的自我辩白报告，事情就更清楚了：

　　　吴书记：1955年6月，我因胡风问题被捕，到同年12月预审结束，证明我没有参与胡风集团活动，告诉我等待政府作结论。到了去年11月，公安局又审讯了一次，送交检察院，检察院肯定我是受胡风思想影响，不是胡风分子。以后提出起诉，说我在1946年曾经向村干部范茂楷进行倒算，而范茂楷是汉奸卖国贼，我和他的纠纷是由他的迫害引起的，不是政治问题，律师是这样替我辩护的。检察院在4月11日上午来找我谈话，肯定了我上面叙述的情况。而且律师告诉我在4月11日可以判决的，我当然应该是被无罪释放了。可是现在，我还坐在牢里，既不判决，也未被释放，我作了许多次书面要求，法院也不理。我实在无路可走，决定向你提出申诉和要求，让负责处理部门给我作出结论。我的案卷现在在下城区法院，如果你愿意审阅，甚为感激。祝你健康！
　　　　　　　　　　　　　　　　　　原杭一中教员刘舜华

　　这封信留在案卷中，也许从未到达那位收信的吴书记的办公桌上。

　　一个正直上进的青年教师，就这样被无限地滞留于劳改农场，在焦虑和惊恐的等待中熬过了一天又一天,看不到出路和希望。而一次微弱的抗争,却给他带来更为严酷的后果和厄运。一个普通人的尊严甚至生命,就这样如同草芥尘埃,被粗暴地践踏和蹂躏。我再次细读李福天提供的有关刘舜华的部分档案材料,发现其中漏洞百出、自相矛盾的情况确实不少。比如说:刘舜华从未承认自己有罪,而下城区法院判决书称:"坦白尚能彻底……予以宽议";市中级人民法院则在驳回上诉的判决书中说:"企图推卸自己的反革命罪。"市五人小组批示管制3年,区法院认为事实有出入改定2年,那么有"出入"的究竟又是什么事实? 1957年市法院判决前,曾派人到刘舜华故乡调查,判决书中写道:"李玉财将农会主任沈云财家的骡子牵走,在路上遇到刘舜华和沈全忠,李将骡子交刘,并说:是给你二姑奶奶要的。刘将骡子送其姑母。"刘的罪名"反攻倒算",是以此为主要依据的。这些疑点若是置于公正客观的历史眼光之下,应该是不难解答的。时隔40余年,李福天和他的同学们,已经无法看到当年刘舜华的审讯笔录。但却意外地发现了刘舜华在新中国成立前发表的文学作品。其中有一首诗《给国民大会作歌》中这样写道:

国大代表发了国民大会财/小百姓为国民大会倾了家/谁敢说个不/你就是破坏戡乱,危害国家/立刻让你领教监狱、法庭、镣铐、警察。

一个20岁左右的青年人,敢于旗帜鲜明地反对国民党反动派,还曾经和同学一起掩护、营救解放战争中失散的解放军战士,这些

母　校

行动不足以证明他的思想立场和进步性么？

　　李福天和他的同学们为刘舜华案的辛苦奔走，一时被阻挡在有关方面"时间久远""详查可能性不大"的借口之外。愤懑和失望中，他们发现仅剩下了手中的笔，也许能为他们的老师作出精神的平反。前些时，我收到新一期《杭高人》校刊，读李福天、徐顺达、汪世铭、田永镐4人怀念刘老师的文章。李福天文章的题目是《魂牵梦萦寻师踪》。刘舜华身后寂寞凄凉却还有当年的学生，以及如今在职的《杭高人》校刊主编、青年教师南宁，为其冤情不停地呼吁呐喊，令我深为感佩。

　　但由于我远在北京，很难为推动刘的复查工作尽力，只能委托我的父亲想想办法。我父亲已是一位年近八旬的老人，他怀着一个老新闻工作者的正义感，到处探寻当事人。居然找到了当年下城区人民法院审理刘案的审判长的辩护律师。刘案的辩护律师许国强先生，现为杭州金鹰律师事务所顾问。在看了有关材料后，早已淡忘的往事浮上脑际。他回忆说：刘舜华是一个高个子，蛮帅气的，很有学问。我被法院指定当他的辩护律师，同他谈过多次话，也到凤山门他妹妹的临时住处去过。当时我就认为这个案件没有什么大问题，可以从宽处理的。当时以我的身份只能说到这里了，不可能否认他有罪，那是阶级斗争扩大化的年代，话说过头就是个立场问题了，何况那时我的哥哥已被打成"右派"。那个刘舜华也够倔的，庭审时昂着头，丝毫没有低头认罪的样子。他出身地主家庭，还不夹起尾巴，按那时的说法，就是"反动气焰嚣张"嘛。他这种傲慢态度对他不利。从今天回头看，对他管制多年当然是错了，我认为刘舜华这个案子应该撤销，还他一个清白。通过许国强先生，我父亲知道审判长霍植林还健在,打听到他的住址后登门拜访。霍植林是南下工农干部,正直开朗,虽然得过脑血栓,视神经局部受损,但我父亲把当年由他签字的文件给他看,他还能看得清,对这个案子也还记得一点。他说我这个审判长不过是执行上级的决定,对案件的详情并不是很了解。像刘舜华这样一个青年教师,搞成这样,很可惜啊。我很赞成对这个案件立案复查。我现在的脑子不行了,帮不上忙,但我是真心支持平反冤假错案的。许律师说应该还刘老师一个清白,我也是这个看法。

去年的国庆中秋前后我在杭州,有机会向校友了解刘案申请复查的进展。说是校方的申请报告交上去后有人说,平反冤假错案的期限已过,过期不候了。这种说法令我惊讶。有错必纠是党的优良传统,一旦发现了错,理应尽快改错,改错有过期之说岂不荒唐?如果参照我在《赤彤丹朱》一书结尾处,写到海宁起义投诚人员俞文奎,1951年镇反运动中以恶霸罪被处决一案,其结果却同刘舜华案大相径庭。1991年,时隔40年整,海宁市法院作出了"撤销原判死刑立即执行的判决"。那么,在法治环境愈来愈良好的今天,这个相关事实已经基本清楚,再花费一些力气就能完全调查清楚的刘舜华冤案,应该很快就能立案复查,并作出公正的结论了。

作为一个写作的人,面对这起前后历时多年,而至今延宕未决的刘舜华案,我不得不写出以上的文字。与其说是出于一个公民的责任感,不如说是被刘舜华老师当年教过的学生那份真挚师生情谊所感动。我想象中的刘舜华,当年定是一位博学多才、热情敬业的好老师,他曾倾力关爱过他的学生们,才会有这么多学生,如今都已是年逾花甲的专家学者,近半个世纪后对他的冤屈仍难以释怀地

母　校

追思和呼吁。

为了我的那些从未谋面、素不相识的杭高学友们，我亦无法缄默。

　　补记：在编发此稿时，编辑获悉，杭州市下城区人民法院对刘舜华案已经着手立案复查，目前正在进一步审查中。

　　再补记：2005年5月26日，杭州市中级人民法院已对刘舜华一案作出终审判决：〔2003杭州再字第2号〕一、撤销杭州市下城区人民法院（57）杭下法刑字第10号及本院57年度杭法刊上字第88刑字判决。二、原审被告人刘舜华无罪。

【二】
柴剑虹：中华书局中的"杭高人"

2019年5月18日，我的母校浙江省杭州市高级中学（简称"杭高"）隆重举办了创办120周年的校庆活动。作为1955—1961年在母校度过了六年学生生活的一名杭高学子，我从北京回到杭州躬逢隆重的万人庆典，同时献上一份贺礼：我的工作单位中华书局2011年出版的一册鲜红的《共产党宣言》汉译纪念版——影印于书中的《共产党宣言》第一个中文全译本，其译者正是中国共产党的创始人之一、1919年进杭高前身"浙江一师"担任教职的陈望道。在校庆活动中，我对母校在近代中国新文化运动和科学技术发展中的重要地位有了更详尽的了解，也进一步获悉"杭高人"与中华书局的密切关联。本文即主要对曾在中华书局任职的十几位"杭高人"的相关资料做些初步的梳理，旨在为中国近代出版史和杭高校史研究提供些许帮助。

江南"四大名中"之一的杭高，发端于1899年杭州知府林启（1839—1900）开办之养正书塾，名为"书塾"，实为浙江最早之官办普通中学。之后，先后冠以杭州府中学堂、浙江两级师范、省

母 校

立一中、浙江一师、省立高中、杭高、杭州一中等名。1988年3月，正式恢复"浙江省杭州高级中学"校名。据不完全统计，120年间，在杭高就读的学子有7万多人，师生中文化界名人辈出，52位院士等科技英才荟萃，被誉为"浙江新文化运动中心""科技精英启航之港湾"。

1912年民国伊始，浙江嘉兴桐乡陆费逵（字伯鸿，1886—1941）在上海创办中华书局，得到了在新文化运动中崭露头角的浙江同乡先进贤达的大力支持，也与"杭高人"结下了不解之缘。

书局创办当年，第一位进入书局担任编辑的杭高人即是姚汉章（字作霖，1880—1919）。姚系浙江诸暨籍前清举人，1907年进杭高前身杭州府中学堂教授地理学，于当年夏天任学堂监督至1909年夏（后由沈钧儒接任）。他进中华书局做编辑，即担任首届董事会董事、中学师范部主任，积极贯彻书局注重教育、以新式教材养育国民素质的宗旨，主要负责编著、出版系列新教科书。当年中华版的许多国文、历史、地理教科书，大多出自其手。如1912年9—11月出版的"新中华中学国文教科书"（全四册，刘法曾、姚汉章评辑），1913年出版的经他和陆费逵审读、由华文祺等编著的《中华中学动物学教科书》《中华中学植物教科书》，1914年所出谢无量、范源濂、李步青等人编撰的《新制国文教本》《新制教育学》《新制各科教授法》《新制修身教本》《新制东亚史教本》，1920年所出缪文功著《本国地理教本》（姚汉章、李廷翰合编）等等，这些经当时民国政府教育部审定通行的新式教科书，均由他负责审阅并编辑加工。他还为书局编著了"初中学生文库"中《分类名家尺牍选粹》《历代名人尺牍分类选粹》等，与书局另一位编辑、也是"杭高人"的张相合编了《实用大字典》《古今文综》《古今尺牍大观》《清朝全史》等书。他还曾任1914年创办的《中华小说界》月刊主编。这些宣传新文化、传播各学科知识的书刊，不仅在民国初期影响过千百万学子、国民，而且为我国传统典籍的现代出版事业奠定了扎实的基础，也为促进20世纪中西文化学术交流创造了必要的条件。姚汉章系与另一位杭高两级师范学堂时期的生物课教员周树人（鲁迅）交往甚多的学者姚蓬子之父，即姚文元的祖父。

张相（原名廷相，字献之，1877—1945），浙江杭州人，著名的语言文字学家。这位青年时期即有"钱塘才子"之称的清末秀才，是晚清著名词人谭复堂的学生，自1903年起即在安定学堂、杭州府中学堂、宗文中学堂任教，讲授古文及历史，沈雁冰（茅盾）、金兆梓、徐志摩等均是他的学生。他于1914年受聘于中华书局，主编文史、地理教材，担任教科图书部部长、编辑所副所长，前后达30年之久（1917年因书局业务停顿，一度离去重新教学，1920年初又被请回书局），是典型的"学者型编辑"。书局早期曾出版他编译的《中华中学历史教科书西洋之部》，应是我国最早的世界史教材；1916年出版的《佛学大纲》（谢蒙编）系张相为之作序，20年间印行达11版。20世纪二三十年代他参与阅校的书局出版物有"国语读本"系列、神话系列、历史课本、地理课本等十数种之多。张相所编著作，还有《古今文综》，从古代至近世分为六类，共四十册，且有评注，1924年出版后也颇受读者欢迎。张相所著《诗词曲语辞汇释》，汇辑唐宋以来诗词剧曲中的特殊语辞，详引例证，考释辞文与用法，兼谈流变演化。张相去世后，中华书局买下这部书稿。但当时上海正是沦陷时期，物价飞涨，书局营业不景气，稿

母　校

费又极为微薄，故未能发稿排印。抗日战争胜利后，书稿经金兆梓、朱文叔和张文治校订，一直处于排版待印阶段。解放初，书局对这部书的销路问题还有过争论，认为过于专门，需要的读者不会多，上海只订货五百部，又曾一度拆版。后来还是因叶圣陶、金兆梓二位先生的建议，才重新排印出版。该书从 1953 年由中华书局初版以来，一直畅销不衰，至 2008 年 11 月出第四版，2017 年第 23 次印刷，已累计印刷了 1776500 部（2009 年 12 月，上海古籍出版社又曾印行了该书的横排合订精装本，并增附四角号码索引）。此外，编纂于 1915 年至 1935 年，1936 年由中华书局出版的大型综合性辞书《辞海》，张相为主编之一。此外，中华书局辑印《四部备要》，影印《古今图书集成》，张相均参与其事。

陆费执（字叔辰），浙江桐乡人，中华书局创办人陆费逵之三弟。生于 1893 年，卒年不详。陆费执早年赴美国留学，就读于美国伊利诺依大学，1918 年毕业，获农学学士学位。1913 年 10 月，他曾发起组织农科大学最早的校友会，并当选为第一届校友会会长。后入美国佛罗里达大学继续深造，1919 年获农学硕士学位。在美国求学期间，他主攻植物学和园艺学。回国后，他曾历任国立北京农业专门学校（北京农业大学前身）教授兼园艺系主任（讲授"作物学""作物试验""农学总论"等课程）、北京高等师范学校教授兼生物系主任、浙江省第一中学中学部主任及出版委员会委员、南通农科大学教务主任、江苏农矿厅技正兼农业推广委员会委员、江苏农矿厅技正兼第一科科长（代秘书）等职。1933 年 1 月，陆费叔辰进中华书局任理事，之后长期担任书局理事会理事，曾兼任书局出版部部长，一度任书局总编辑，1938 年 7 月起为书局上海发行所负责人之一。1950年10月15日，中华书局召开新中国成立后第一次股东常会，陆费叔辰亦为15位董事之一。数十年间，他为中华书局编撰出版的农学类图书甚多，如《中等农学通论》（1926）、《中等园艺学》（1926）、《农业宝鉴》（1932）、《蔬菜园艺》（1936）、《农业及实习》（全三册，1941）等，还有收入"初中学生文库"的《园艺学》《种树法》以及《初级生物学》（1925）、《家畜饲养法》（1946）等。他还为书局主持编辑出版了《中华汉英大辞典》（与严独鹤合编，1930）、《英华万字字典》（1926）、《模范英文尺牍》（1927）、《模范英汉会话》（1927）等英语工具书。为配合1929年杭州举办首届西湖博览会，他负责编写的《杭州西湖游览指南》一书于当年在书局初版，对发展杭城旅游经济、普及文化知识起到了积极作用。新中国成立后，他曾担任上海种苗场场长，为配合知识技能普及工作，年近花甲的陆费执还亲自为书局的"工农生产技术便览"丛书编撰了《树苗场的经营》《做酒曲和红曲》等书。据学者介绍，陆费执还辑有《中国古代农业史料》六编，系他集20余年之功，从传世史籍及农书中摘录的涉及农作物、果蔬花木、动物、园林及田制、赋税等方面的大量资料，该手稿本现藏于农业遗产研究室，惜尚未印行。（参见衡中青、侯汉清《农史物产史料来源探微》一文，载《中国地方志》，2008年第8期）

朱文叔（名毓魁，以字行，1895—1966），浙江桐乡人。语言文字学家。1912年入浙江一师读书（1914年进一师读书的丰子恺是他的同窗好友）。1917年毕业后赴日本留学。1922年7月进中华书局任中小学教科书编辑，并参与编纂、修订《辞海》。经我初

母 校

步统计，20世纪二三十年代，书局出版朱文叔亲自编撰及参与编校的中小学《国文读本》《国语读本》《教育学》《教育史》《各科教学法》《历史课本》以及儿童读物等有数十种之多，大多为教育部审定的通行教材，常常在数年间印行几十版之多，如由他编纂、尚仲衣等分撰的《小学国语读本》（共8册）第一册初版于1933年3月，到1937年3月，四年间竟印行了342版，为民国时期的初小教育、也为中华书局出版经营与稳定发展做出了巨大贡献。他负责编校张相所著《诗词曲语辞汇释》一书，曾认真提出修改意见。该书初版，作者特地在书的《叙言》中说明："书成，由桐乡朱文叔氏磨勘一过，待改订数十事。"朱文叔对我国出版事业的贡献并不限于在中华书局的工作期间，他1949年赴北京后，先后担任中央人民政府教科书编审委员会委员、出版总署编审局编审、人民教育出版社副总编。作为汉语词汇研究的著名专家和资深编审，他是《现代汉语词典》试印本和最初版本的审订委员，审定每一词条，皆字斟句酌，务求严谨完善。他曾撰写文章《深与浅》，1951年发表在《语文学习》的创刊号上，被吕叔湘誉为研究汉语辞汇的范例；多年后，吕叔湘还希望能重印此文，指出："这样的文章，对我们学习语文很有帮助。""'深'和'浅'是很普通的两个字，可是这里边有很多意思可以说，朱先生讲得很透彻。"（见其《咬文嚼字》一文）1931年中华书局出版朱文叔编撰的儿童读物《列子童话》《史记故事》《百喻经寓言》等，到2002年又由书局列入"中华儿童古今通"系列重新推出，人民文学出版社也在"中华典籍故事"系列中冠以"民国大家编写的古籍通俗读物"于2018年印行，在网点热销，可见其生命力之强。

金兆梓（字子敦，号芚斋、芚盦，1889—1975），浙江金华人。著名语言学家、文史学家、出版家。1906—1909年在杭州府中学堂读书。1913年毕业于京师大学堂预科，遂考入天津北洋大学矿冶系。后因母病辍学，自学文史。先后任教于浙江省立七中（金华）、北京高等师范。1922年4月，金兆梓经其杭州府中学堂时老师张相引荐进中华书局编辑所任文史编辑。1924—1926年，他编辑的《新中学教科书初级本国历史》《新中学教科书初级世界史》《新中学教科书初级本国历史参考书》等均获教育界好评。一年后他考取外交部翻译，任职海关。1929年4月，他又以张相之荐再度进中华书局，任教科图书部副部长、部长，编辑所副所长，又主持编撰出版了大量中小学、普通师范的国语、中国史、世界史、数学教科书，特别是专门为南洋华侨学校编撰出版了相应的课本，并在抗日战争前，将这些教材全部出齐，为南洋华侨的反侵略斗争送去了精神食粮。1937年1月，编辑所副所长张相年满60岁，因病辞退，即由金兆梓继任。同年"八一三"事变前后，金还在上海大夏大学兼教《中国通史》。1939年，他在中华书局出版了自己的学术文集《芚盦治学类稿》，全书分为通论、时论、专论、考证、杂文等部。他所著《国文法之研究》（1922）、《实用国文修辞学》（1932）在书局出版后（后者1944年在重庆出新版），也引起学界重视。1941年7月，书局总经理陆费逵病逝。1942年春，金应书局新总经理李叔明之请，赴重庆恢复书局出版业务，以总编辑名义主持编辑部工作。1943年初，中华书局所编大型综合性期刊《新中华》在重庆复刊，金兆梓任新中华杂志社社长，与章丹枫、姚绍华共同担任刊物主编。1944年5月，梁启超的《中国历史研究法》（补编本）在重庆中

母　校

华书局重版，金兆梓特意为此书撰写了《梁著六种重版序》。1945年4月，金兆梓代表新中华杂志社参加重庆杂志界联谊会，与黄炎培、叶圣陶同被推为召集人。8月17日发表16家杂志社签字的拒绝国民党对新闻和图书杂志原稿检查的联合声明。各地随起响应，迫使国民党政府从10月1日起撤销检查规定。1950年9月15—25日，金以特邀代表身份赴京出席了第一次"全国出版会议"，并被推选为提案审查委员会委员。1951年，他退休后迁居苏州。1954年8月当选为苏州市人民代表，后当选为苏州市副市长。1954年6月4日，中华书局召开社务会议，决定聘请已退休的金兆梓为特约编审。1955年6月，他33年前所著的《国文法之研究》再次在中华书局出版。1957年他回到上海，被中华书局复聘为中华书局上海编辑所主任、北京总公司编辑部副总编辑，同时被选为上海市政协委员，中国民主促进会上海市委委员，多次以特邀委员身份出席全国政协会议。1958年2月，国务院科学规划委员会成立古籍整理出版规划小组，他被聘为历史组成员。1961年，任上海市文史馆馆长。2010年8月，在中华书局积极筹备创办百年庆典之前，金兆梓的未完成遗著《尚书诠译》因其独特的学术价值，经书局哲学编辑室老编审整理加工，被列入"中国古典名著译注丛书"在中华书局出版发行，为学界关注，第二年5月即又重印，到2018年3月共印行6次，累计达12500册，正是对这位在书局先后工作了近30年的资深编审、老领导、出版家的最好纪念。

郑昶（字午昌，1894—1952），浙江嵊县（今嵊州市）人。画家、美术史家。他1910年进入杭州府中学堂读书，与同时入校的徐志摩一道师从张相习国文。1915年以优等生毕业于浙江省立一中，被选送至北京高等师范学习。1922年应聘进中华书局任编辑，任美术部主任。他为书局编撰出版的《中国画学全史》（1929年初版，1937年再版），论述国画源流、历代画家、画论等，有黄宾虹等序及自序，并附历代画学之著述、现近画家传略等，开中国画通史之先河，被蔡元培誉为"中国有画学以来集大成之巨著"。1935年，他编著的《中国美术史》收入书局的"中华百科丛书"出版，全书分绪论、雕塑、建筑、绘画、书法、陶瓷6章，体例科学，叙述严谨，出版后亦为美术界所称道。他所编撰的《世界弱小民族问题》亦收入"中华百科丛书"于1936年出版，该书分印度、朝鲜、中国台湾（编者按：日据时期）、缅甸、安南、菲律宾、土耳其、叙利亚、阿拉伯、犹太、东非洲与南非洲、摩洛哥、埃及、爱尔兰、拉丁亚美利加等15章，并附录有欧战后新兴国家一览、参考书目及中西文名词索引，为关注弱小民族的开先河之作。1923年至1936年间，他除了还参与编撰国文读本与中外地理、历史课本外，又特别关注民众教育，先后编撰了《民众工人课本》及其"教授书"在书局出版。同时，还为书局编写了《（前后）汉书故事》《世说新语故事》等通俗读物。在书局有多年排版印制实践经验的郑昶，还致力于汉文正楷字的设计制作，首创了中文排版的正楷字模，并于1935年1月29日给政府首脑写信，"呈请奖励汉文正楷活字板，并请分令各属、各机关相应推用，以资提倡固有文化而振民族观感事"，获准创办了汉文正楷印书局，任总经理。这在中国近代出版史上具有重要意义。郑还曾担任杭州艺专、上海美专、新华艺专教授及中国画会常务理事等职。

吕伯攸（名福同，1897—？），浙江杭县人。编辑、教育家、

母　校

儿童文学作家。他于1913年由宗文中学转入浙江一师学习。在校学习期间，1916年参加教师李叔同发起组织的美术社团"洋画研究会"，学习、研究油画技艺。1917年与同窗方时旭组织学生社团"嘤鸣吟社"，以文艺创作和足球、乒乓球等近代体育运动为主要活动内容，请李叔同担任导师；后出版社刊《嘤鸣会刊》（李叔同题签）。1921年进入中华书局、世界书局任编辑，为书局编校出版了诗歌、小说、音乐、剧本等大量的儿童读物和国语读本、社会课本等中小学教材，还参与主编《儿童世界》《小朋友》等刊物。吕未进书局前，曾给《小朋友》杂志写过几首儿童诗，时任主编的黎锦晖看到后即写长信给吕予以夸奖，不但向他约稿，还特地推荐他进书局来做编辑工作，乃至让他担任了该刊的执行主编。吕撰写的儿童文学作品颇富生命力，如他撰写的《两幅画像》《公寓里的孩子们》等在1951年还列入"五彩新图画故事丛刊"重新印行，他编写的《中华儿童成语故事》，书局在2002年新版发行，《上古史话》《庄子童话》《韩非子童话》等则列入中华书局"中华儿童古今通"系列也于2002年重新推出，均取得了很好的效果。2013年，国家外文局属下的海豚出版社专门推出了《名家散失作品集：吕伯攸童书》，收录了吕伯攸创作的故事类儿童文学作品86篇。业界如此评价："吕伯攸的儿童文学作品多取材于日常生活，尤其是儿童的学习生活，亲切有趣；语言通俗、干净，极有亲和力。"他撰写的《儿童文学概论》，则被儿童文学界誉为"20世纪中国儿童文学理论批评史的代表作品"。

　　郭后觉（原名如熙，以"后觉"号行，1895—1944），浙江桐乡人。文字学家，烈士。他自幼勤奋好学，1916年进浙江一师读书，

1921年毕业后曾回桐乡崇德留良乡办小学。1922年进中华书局任国语编辑，参加编辑1922年4月创办的由黎锦晖主编的《小朋友》周刊。后加入上海世界语学会，投身于世界语的学习、推广运动。1926年，其所著《世界语概论》在商务印书馆出版，为我国第一部世界语专著。他所编著的《国语成语大全》于1926年10月在中华书局出版，该书收汉语成语3200多条，按成语首字笔画编排，有简明注释和注音字母注音，堪称我国首部收编成语最多的汉语工具书，至1936年十年间共印行六版。后郭因病与夫人吴瑞英出国疗养，应聘任北婆罗洲亚庇中华学校校长，前后4年。1930年底回国。次年，又应邀去南洋，先后在马来亚怡保、吉隆坡等地，出任精武体育会国语夜校主任、柏屏义校校长。数年之间，与欧洲、日本世界语学者，通讯研讨世界语问题，翻译出版世界语名著数种。其著作尚有《闽粤语和国语对照集》（上海儿童书局，1938年）等。日军侵华，1937年爆发全面抗日战争，后觉虽身居海外，心系祖国，积极宣传抗日救国。后因日军搜捕，隐姓埋名住苏门答腊某隔海一小岛上，以种菜维持生计。1944年3月16日，为日军侦知逮捕，囚禁于北干峇汝狱中，遭严刑逼审，备受摧残，于5月13日殉难于狱中。抗战胜利后，新加坡华侨集资创办后觉公学，以纪念其为国献身精神与对学术之贡献。胡愈之称郭后觉为我国文字改革工作老前辈、世界语运动之先驱者。

姜丹书（字敬庐，号赤石道人，1885—1962），江苏溧阳人。1910年毕业于南京两江优级师范学堂图画手工科乙班。1911年秋，应聘到浙江两级师范学堂任图画、手工教员，与最早留学日本归来的李叔同（弘一法师）分担图画、手工和音乐课，共同致力于美术

母 校

教育，培养出许多优秀的美术人才，如潘天寿、丰子恺、郑午昌等。1915年曾指导一师学生在手工课上自行研制国产粉笔，并宣传推广。1924年他兼任刘海粟先生创办的上海美术专门学校教授，第二年进中华书局任艺术科编辑主任，和编辑同仁一道编校出版了《新中华工用艺术课本教授书》《（新中华）小学教师应用工艺》《劳作学习法》《新中华工作课本》《小学美术课本（高级）》等许多实用艺术类图书，尤其是他1933年4月在书局出版的《透视学》一书，讲解透视学的基本原则、规律与应用，为我国近代简介绘图透视原理的入门读物；该书1935年再版，到1951年出第五版，受到广大读者的青睐。他在1958年退休前还写出新著《艺术解剖学三十八讲》，并附有六种中外艺术解剖学图书的校勘记，由上海美术出版社出版，颇为学界称道。1958年他从南京艺术学院退休回到杭州，被选为浙江美术家协会副主席，仍孜孜不倦地致力于艺术教育的普及与研究工作。

朱穌典（名宝铣，以字行，1896—1948），浙江杭县（一说绍兴）人。艺术教育家、出版家。他1912年考入浙江两级师范学堂图画音乐手工专修科，师从经亨颐、李叔同、夏丏尊等人学习西洋美术与音乐等，各科俱精，尤擅长油画艺术。1915年毕业，曾历任山东一师、浙江五师（绍兴）、浙江三中（湖州）、浙江四中（宁波）、春晖中学（上虞）等校教职。1924年经两级师范学堂教师、著名艺术教育家姜丹书引荐，进中华书局任艺术科编辑、主编，编辑出版了大量美术、音乐教科书和各类文艺书籍。如1927年书局"新中华教科书"开始出版（初以"新国民图书社"名义编印，由文明、中华、启新三家经售），推出初、高小用书41种，初、高中用书55

种，朱穌典均参与编辑。1928年，他曾与夏丏尊、刘质平、经亨颐、丰子恺、周承德、穆藕初等人，共同集资为李叔同（弘一法师）在白马湖象山脚下建造"晚晴山房"。后来，弘一法师指导他与夏丏尊、李圆晋、范古农、沈彬翰、陈无我等参与编辑著名的《护生画集》，为此曾于1941年6月27日从福建永春写信给他，中有"务乞仁者主持其事，督促诸居士努力进行，并广托诸善友分任其事，以期早得圆满成就，感祷无量"等语，对他寄予殷切厚望。作为中华书局的资深艺术编辑，朱穌典与其同仁金兆梓、郑午昌、朱文叔等又都是著名出版家张献之（曾任中华书局编辑所副所长）的弟子，1936年中华书局编辑出版的《辞海》，其音乐条目即由朱穌典编写。在20世纪三四十年代的上海，中华书局和商务印书馆都曾出过朱穌典编著的小学音乐及美术、图案教材，如《小学教师应用音乐》（1932）、《小学音乐课本》（1933）、《初中音乐》（1934）、《音乐概论（中华百科丛书）》（1934）、《初中劳作》（1933）、《图案构成法》（1935）等，据统计达413种之多，在中小学艺术教育中有很大的影响。20世纪二三十年代，上海泰东图书局出版了不少新文学作品，多有名家佳作。其中如《沉沦》（郁达夫著，1921）、《爱之焦点》（张资平著，1927）、《女神》（郭沫若著，1928）、《西湖三光》（贠子沙著，1929）、《殉》（王任叔著，1928）、《西子湖边》（易君左著，1929）、《玄武湖之秋》（倪贻德著，1929）、《冲击期化石》（张资平著，出版年月不详）、《短裤党》（蒋光慈著，1927）等，这些书独具风格的封面画作品，有的借助象征和隐喻的技法来表现文艺作品的内容和意境，追求含蓄的艺术效果；有的则与书的主题、内容保持疏离，而采用抽象表现的手法，着重体现装

母　校

饰美和图案美。这些画作为了适应当时的印制技术水平，在构图和笔致上，往往运用版画技法，多以单色调、粗线条来表现简约、洗练的风格。研究者发现这些作品，均出自朱穌典的手笔。所以，今天美术界要研究民国时期书籍的封面、装帧设计，几乎都离不开朱穌典的这些画作。

金咨甫（原名梦畴，1890—1934），浙江武义人。音乐教育家。他也于1912年考入浙江两级师范学堂图画音乐手工专修科，与丰子恺、曹聚仁、潘天寿等同为李叔同的得意门生。1915年毕业后曾在萧山、绍兴等地任教。1918年因李叔同推荐，回母校浙江一师任教。他不负师长厚望，先后在浙江第一师范、浙江省立女子师范等校任图画音乐教师，教学非常出色，深得学生喜爱；曾为家乡小学及母校浙江省立一中谱写校歌。1919年成为中华美育会会员及《美育》杂志编辑，后于1925年进书局任艺术科编辑，参与编校出版了《新中华中等乐理课本》（1928年出版，1933年第8版）等书。因其家境贫寒，疾病缠身，不幸于1934年英年早逝。1936年，李叔同（弘一法师）遵咨甫遗嘱，为其书写《金刚般若波罗蜜经》做功德回向，写成后由广洽法师主持影印工作，初版问世，还附有徐悲鸿、丰子恺插图，迅即流通一空，后不断重印至今，影响甚大。

喻守真（名璞，1897—1949），浙江萧山人。著名文史研究者。他1917年毕业于浙江省立第一中学，先返母校萧山临浦小学任教，后赴杭州当家庭教师。1925年，考入上海中华书局，任编辑。以编写中小学教科书为主，亦曾参与《辞海》编辑工作。在书局他充分发挥了善于注释古诗文的特长，1935—1936年由他编注的教学辅助书如《小学国语读本教学法》、《高小地理课本教学法》、《文章体制》（初中学生文库）、《外国地理表解》、《学生尺牍（注释本）》等均受到教师欢迎。同时，他还编写了《诗经童话（甲乙编）》《孟子童话》《晏子春秋童话》，为小读者所喜爱。抗战爆发后，他曾任上海沪江大学教授，但仍不忘为书局编辑出版适合形势要求进行学校教学的古诗文读本，如为李宗邺所编、收入"初中学生文库"的注释本《中国民族诗选》（第1—6集）做了增补、注释工作。1948年2月，喻守真编注的《唐诗三百首详析》在中华书局出版。该书所选唐诗，分别按平仄、注解、作意、作法等项加以详析，并附作者简介，书末附《诗韵易检》，极大便利了广大读者对唐诗的阅读与理解，成为迄今为止最为权威的唐诗选本和注释、解析本。该书问世后，不仅中华书局重印不断，各种版本迭出（包括各衍生产品），印数逾百万；而且其他出版社也争相印制此书，各种版本的累计印数亦以百万计，还翻译成各种外文本在世界各国流通。近年，他所编的几种童话故事书也被人民文学出版社、知识产权出版社等社以新的面貌印行。

周伯棣（又名白棣，1900—1982），浙江余姚人。经济学家。1917年从余姚县立第一高等小学校毕业后，即进入浙江省立第一师范学校学习。1919年11月与一师同学创办《浙江新潮》杂志，积极宣传新文化、新思想，得到陈独秀高度评价。五四运动中，周发表若干"非孔"言论、文章，著声于杭州。1920年1月，他与同校施存统、俞秀松、傅彬然到北京参加了蔡元培、陈独秀、李大钊等人发起创办的"工读互助团"活动，为中国共产党的创立做了组织准备。1920年下半年，他经一师同学俞秀松介绍参加了陈独秀、杨明斋等主办的上海外国语学社，任图书室管理员。1921年先后任职中华书局、商务印书馆，1927年入东亚同文书院；1930年毕业后留学日本大阪商科大学银行系，三年后毕业回国，复进中华书局任经济编审、《新中华》杂志编辑等职。他在书局编撰出版了"中华百科丛书"中的《世界产业革命史》（1935）、《国际经济概论》（1936）和列入"新中华丛书社会科学汇刊"的《货币与金融》（1935）、《白银问题与中国货币政策》（1936）等经济学著作。1935年9月，书局设立职员训练所，招考本局职员30人进行培训，周伯棣作为培训教员被派去为学员授课。抗战爆发后，周伯棣赴四川任四川省政府顾问，并执教于迁蜀的中山大学、交通大学，兼任广西大学经济系主任。抗日战争胜利后，他回上海任复旦大学银行系主任，除执教外，仍有经济学著述问世，他1935年在中华书局出版的《经济浅说》于1947年重新印行，1936年在书局出版的《国际经济概论》也于1948年推出了增订本。连同其他著述，如《租税论》《中国货币史纲》《经济学纲要》《中国财政史》《中国财政思想史》等，在学术界享有较高声誉。新中国成立后，周柏棣加入中国民主同盟，历任复旦大学银行系主任，上海财经学院教授兼财政金融系主任，上海社会科学院经济研究所研究员，上海经济学会理事，上海市政协第一、二、三、四届委员等职。

傅彬然（又名冰然，1899—1978），浙江萧山人。社会活动家、教育家、出版家。他1915年进浙江一师读书，即积极投身于宣传新文化的学生运动，和施存统、周伯棣等组织"新生学社"，与宣中华等发起成立一师学生自治会，与周伯棣等创办《浙江新潮》杂志，曾担任《杭州学生联合会报》主编。1920年初，他与施存统等到北京参加了"工读互助团"活动，后回杭州、绍兴等地小学任教。1923年在杭州加入了社会主义青年团，1924年第一次国共合作时，加入中国国民党，投身国民革命运动，后又加入了中国共产党。1927年2月，他以县立仓桥小学校长的公开身份，建立起了中共仓桥小学支部，并协助创建中共萧山地方党部，任中共萧山独立支部书记；大革命失败后赴上海任劳动大学小学部教务主任和校务主任。1931年由原一师国文教员夏丏尊介绍，傅彬然进开明书店任《中学生》杂志编辑，还编写了《开明常识课本》等书。抗战时期，曾在武汉负责国民政府出版与大路书店工作，任《少年先锋》主编、《中学生》（战时半月刊）编辑、重庆开明书店编辑部主任、桂林文化供应社编辑部主等职；抗战胜利后，回到上海继续从事出版工作。1949年，他赴北京参加了全国政治协商会议。新中国成立后，他历任华北人民政府教育部教科书编审委员会委员、出版总署图书期刊司副司长、文化部出版局副局长、古籍出版社副总编辑。1957年3月，古籍出版社并入中华书局，傅彬然以副总编身份兼任哲学编辑室主任。1958年3月，文化部下发经中央批准的关于中华书局改组的报告，决定中华书局属文化部领导，为整理出版古籍和当代文史哲研究著作的专业出版社，傅彬然任中华书局副总经理兼副总编辑。1960年2月26日，北京市文教卫生先进工作者代表会议在人民大会堂召开，傅彬然等3人作为代表出席。1964年12月，第三届全国人大一次会议在京召开，傅彬然作为出版界代表出席。傅还曾任第二、三、五届全国政协委员，中国民主促进会第四、五届中央委员。

童第德（字藻孙，1894—1969），浙江鄞县（今属宁波市）人。近代文字训诂学家、书法家。他早年师从国学大师章太炎、黄侃、

母　校

马一浮等，擅长小学。20世纪20年代毕业于燕京大学，曾在宁波中学任教，1929年任浙江省立高中国文教员。后任民国政府交通部、邮电部秘书。1949年，童第德进中华书局任编审。作为研究韩愈的权威，著有《韩集校诠》《韩愈文选》《论衡补正》《贾子新书校正》等书。据胡纪祥《〈韩集校诠〉出版的一段往事》一文记述，其中《韩集校诠》一书的出版可谓费尽曲折：早在抗战时期的重庆，章士钊即与童第德相约，分别由章负责注释柳宗元文章，童注释韩愈文章。自此，童第德便一直专注于对韩愈著作的整理研究。唐宋八大家之一的韩愈文集的校注，宋以来有几百家，童第德费多年之心血，广泛搜集各种版本，潜心研究历代诸家校笺成果，应用他所擅长的古籍校勘、训诂方法，对前人的校勘作精辟、翔实的诠释，含辛茹苦，数十年如一日，至1968年《韩集校诠》方基本定稿，而直到1969年4月临终前一天，他仍在孜孜不倦地进行字斟句酌的修改。"文革"期间，在毛泽东的关照下，章士钊的《柳文指要》于1971年9月获准在中华书局出版。而童《韩集校诠》的书稿却难以付梓。童的胞弟、著名生物学家童第周教授深知《韩集校诠》的重要价值，于是请国学家吴则虞先生审阅、校订《韩集校诠》，并为之写序。又请国学大师章太炎先生的孙女誊抄全书文稿，一式四部，三部分赠宁波天一阁、北京图书馆、四川图书馆，一部准备出版用，分数次邮寄到北京。1979年童第周去世后，又经童第德的女婿张乐良将希望出版《韩集校诠》的信寄送给当时担任全国出版总署署长的胡愈之，再经胡请示并与中华书局打招呼，终于使得该遗著于1986年初在他曾经工作过的中华书局正式出版，他的同乡、著名书法家沙孟海为之题写了书名。我之所以要转述这个出版经历，除了说明童第德和书局的缘分外，还想补充说明：1981年我经导师推荐进中华书局文学编辑室工作，1985年，编辑室领导将《韩集校诠》的责编任务正好分配给我。当时我并不知道作者是我杭州母校的老学长，但在编辑过程中，敬读书稿，真正感受到了老一辈学者治学的认真、严谨和学问的精湛，领略了乾嘉学派的遗风，受益匪浅，所以在努力加快出版进程的同时，也特别注意保证出书的质量。

除了上述曾在中华书局正式任职的15位"杭高人"外，如曾在浙江一师代课并协助校长经亨颐推进教育改革的沈仲九（原名铭训，1887—1968），力倡白话文教学，也曾参与书局编辑初中国文读本，并于1950年至1952年间应聘担任书局特约编审，参加《辞海》的修订工作，还于1959年在书局出版了他点校的《明通鉴》（八册）。又如1932—1933年在浙江省立高中就读的戚铭渠（1914—1990），曾任中国人民志愿军后勤部政委，后任上海古典文学出版社、中华书局上海编辑所副总编等职，主持了"古典文学基本知识丛书"及《中华活页文选》的编辑工作。至于其他在中华书局出版自己著作的杭高学人，从马叙伦、经亨颐、鲁迅、张宗祥、徐志摩、郁达夫、朱自清等，到近几十年的王明、方豪、钱南扬、王季思、柴德赓、蒋绍愚、樊树志等，更是难计其数。如我在杭州一中学习时的学兄樊树志，1957年高中毕业后考入复旦大学历史系，他近些年在书局出版的《国史十六讲》《明史讲稿》《重写晚明史》（三种）等书得到学界和广大读者好评，畅销不衰。杭高与书局结缘，这是时代使然，是社会进步的要求，当然也和近现代江、浙的人文环境，和杭高的办学方针及中华书局的办社宗旨密切相关。早在1910年，时任浙江一师校长的经亨颐就第一个提出了"与时俱进"的办学理

母 校

念;其后数十年,杭高一直努力践行"四高五强"的育人目标,即德行高尚、志趣高远、学问高深、品位高雅,家国意识强、人文精神强、科学思维强、身体素质强、学科素养强。而陆费逵在中华书局创办伊始,即将现代图书出版事业和学校教育、社会进步紧密地联系在一起,提出:"我们希望国家社会进步,不能不希望教育进步;我们希望教育进步,不能不希望书业进步;我们书业虽然是较小的行业,但是与国家社会的关系却比任何行业为大。"因此,有那么多学养深厚、视野开阔、勇于革新的杭高人投身于中华书局的教科书、文化读物、学术著作的编辑出版工作,也就很自然了。当然也有一些杰出的杭高人,虽因各种原因未能与书局有更直接的联系,但同样为出版事业做出了贡献。如本文开头述及的陈望道(字任重,1890—1977),系浙江义乌人。他早年留学日本,1919年回国后即进浙江一师任语文主任教员,并主持制定了《国文教授法大纲》,提倡白话文教学和新式标点,但因为"一师风潮",当时的教育厅下令禁止陈望道等指导下的一师学生刊物《浙江新潮》的出版,也影响到该大纲的正式出版,却无疑启示了中华书局同类书籍的编辑出版,推进了民国时期的国文教学。他翻译的《共产党宣言》中文全译本,由于当时的社会环境,不能由中华书局出版,而于1920年8月由上海社会主义研究会列为社会主义研究小丛书的第一种正式出版,其推动社会进步的作用是不可估量的。其晚年受命担任《辞海》修订版的主编,也应该是为书局的编辑出版工作做出了新贡献。

我体会到在书局任职的杭高人还有一个很显著的特点,即作为学问广博、文字功底扎实的学者,他们各有学术专长,有的还是留洋的"海归"人士,是在中小学或高校从事教学工作的教员,既是许多教科书、通俗读物的编校者，也往往是这些图书的作者，而且常常是齐心合力来完成一本书的编辑、校订工作，富有团队精神。这就使得中华书局逐渐成为培养学者型编辑的出版园地，成为文化学者、教师与出版工作者汇聚的渊薮。

其实，众多的杭高人不仅任职中华书局，也参与了其他现代出版机构的编辑工作。如据我粗略统计，先后在商务印书馆任职的杭高人有陈叔通、高凤岐、张廷霖、叶圣陶、陈兼善、魏金枝、蒋梦麟等十几位，其他如夏丏尊、叶作舟、蔡丏因、苏谦、董秋芳、萧扬等著名学者，也曾在开明书店、世界书局、人民出版社、人民教育出版社、世界知识等出版机构工作。鉴于本文的主题与篇幅所限，就不能在此赘述了。本文写作过程中，参考并引述了母校杭高所编《百廿校志》以及中华书局2012年出版的《中华书局百年大事记》部分资料，谨此说明并深致谢忱。

（2019年5月）

*本文刊发于《中国出版史研究》2019年第4期

母 校

【三】
柴剑虹：乌鲁木齐十九中的学生们

　　乌鲁木齐市第十九中学创建至今已经整整 40 年了。去年夏天我回乌市小住，去看望十九中的创办人、第一任"校长"穆文彬同志，并祝贺他的八十华诞，座间我建议应该举办校庆活动，得到他的赞同。现在，40 周年校庆的准备工作正在有序地进行着，参与筹备的李孝明、刘文忠老师希望我提供些书面材料，当然责无旁贷。我曾经写过一篇《进疆第一乐章》，由陆计明、任伊临两位北京师大的校友编入《献身边疆教育的人们》一书（新疆人民出版社，2007）；伊临最近来电话讲此书将有新编，要我续写点文字，我也允诺了。我 1968 年 6 月到新疆任教，见证了从乌市半工半读师范学校（因简称"工读师范"，常被人误会为工读类学校）到十九中最初 10 年的历程，要写的东西实在太多，但是当老师者最关心的是当年自己教过的学生如何，因为工作的关系，我和学生接触面较广，许多鲜活的形象常常浮现在脑海中，但毕竟过去了三四十年，有些事渐渐遗忘，不少学生的姓名已经记不十分确切了，于是，便有了这篇挂一漏万的文章。好在有的学生及家长热心地为我提供资料，可以唤醒某些沉睡的记忆。

- 最早的毕业生

　　1969年第四季度，十九中最早开办时，"文革"还在如火如荼地进行着，学生是按连、排的编制称呼的，大概小学毕业早、年龄大一点的学生编在一连，好像大多是从原十三中、有色局子校和红山附近的三小转过来的，我还担任过"一连连长"——也就是年级组长。这些学生在"反修商场"（现恢复为"友好商场"）后边的原"工读师范"校址上了几个月课后（刚恢复"文化课"学习，课程很少），就在冰天雪地中排着队拖着教室的桌椅板凳搬迁到新址——位于"老满城"的原煤矿专科学校校园。

　　根据市里的安排，连"学工、学农、学军"的劳动和训练算在内，第一届初中生只读了不足两年，到1971年夏就毕业了——除很少的十余位分配到市水泥厂外，大多下农村插队劳动了。学生的分配问题，当时的教师与原校领导都是没有发言权的，由工宣队、军宣队说了算。当时的许多学生我已经记不得姓名了，但有几件事却是记忆常在，很难忘却的。

　　有姐弟俩，是新疆民航局职工子女，当医生的父亲因为"历史问题"受审查不能回家，家里只有祖母照顾起居生活，管不了学习，受到社会上一些坏人的影响，成为学校中"问题突出"的学生。姐姐是一连学生，有一回在工厂学工时突然"失踪"了，经查是被一个坏人带走了，后来几所中学还联合在石油俱乐部开会"批斗"了

母 校

那个坏人。我找这个学生谈话，知道她从小爱读书，那时已经读了数十本中外名著，而且作文也写得相当流畅，只是因为缺乏正确的引导才走上了邪路。她毕业时，其父亲已经"解放"，希望她能回到老家去务农，脱离原来的环境，我也觉得这样较好。可是最终她没有能离开新疆。我后来才知道她临行前受到流氓集团的威胁，不得不留下到了乌鲁木齐郊区的农村，而且因个人生活遭遇不幸而罹患精神疾病，令人嗟叹。我还去过几处生产队看望下乡的学生，想为他们解决点实际困难，但在那样的大环境里，也只能是杯水车薪。当时最大的问题是缺乏管理与引导，又无书可读，劳动强度大而精神生活又极端贫乏。多年后我回新疆时，还在车厢里巧遇那位女生的弟弟，好像是在铁路局吐鲁番的工务段工作，他当年在学校也因能打架而出名，参加工作后力图上进，谈起往昔，都不胜感慨。当时民航局的子女兄妹或姐弟同时进十九中的，我印象较深的还有张德喜、张德琴、丁鹏、丁慧、赵志刚、赵志强等，都是很聪明的学生，但在那样的形势下，好像只有丁慧、张德琴上了高中。丁慧毕业后也在民航工作，曾担任过售票处的负责人，因为是我带的第二届高二（4）班的学生，至今还常有联系。张德琴听说后来成为某招待所的所长，可惜已久无联系。由于当时的政策，不少学生下乡回城，还是进了家长的单位工作。我印象很深的一位学生叫熊明月，当时不爱学习，常令做班主任的张家瑞老师头疼。他父亲是市中医院有名的肛肠科大夫，听说后来他子承父业，在乌鲁木齐医界也颇有名气。

就是被学生们认为"运气好"，分配到工厂的毕业生，情况也好不了多少。有一个分配到水泥厂的男生，因为每天扛沉重的水泥包实在太累，又因对一位女生的"单相思"而精神恍惚，居然拿着刀回到中学来要找老师理论。于是，我这个昔日的"连长"出面和他坐在操场边谈话，另外几位老师则站在离我们几十米的地方观望，生怕有什么不测。我弄清了他的思想疙瘩，耐心地疏导他，同时答应和工厂的领导交涉，帮他调换工种，终于缓解了他的情绪。我还专门为此去了水泥厂，慰问分在那里的学生。

分到水泥厂的毕业生中，我最熟悉的是有色局的子弟马海滨、崔建华、侯莉新。崔、侯二位后来成了"工农兵大学生"，毕业后均事业有成。崔当了医生，前些年同学聚会时见过一面，已经是一位经验丰富的教授级的医务干部了。侯1990年去了广州，现在是广东省石油化工职业技术学校的副校长，有一次还在电话中感叹学生难带，问我当年带学生有什么经验。我对她说：时代不同了，恐怕我们当年的经验对现在的学生不管用了。和她不通音问几年后，最近又取得了联系，知道她还在校长的岗位上站好最后一班岗，也知道了她曾就读于成都科技大学的研究生班。她们几位应该是十九中初中毕业生里最早上了大学的。这些年和我联系最多的是海滨，因为她后来随父亲回到山东淄博，进了厂办的"七二一"大学学习计算机，在帮助山东铝业集团实现微机管理中起了作用，成效显著，也成为正高级的科技人才。这20多年来，她因工作等原因，常来北京；我也去过几次淄博，看望她的父母亲。她妹妹马海燕也是十九中毕业的高中生，山东潍坊医学院毕业后曾在北京天坛医院工作，后来去了英国，现在定居在美国。

母 校

• 新三届高中生

十九中从 1972 年春开始招收高中生，生源主要来自原属于有色局子校（包括新疆工学院子弟）、医学院子校、八农子校、油运司子校、十五小和三中范围的初中毕业生，文化课基础较好，加上又新添了不少内地名牌大学毕业的老师，学校的教育质量也得到了迅速提高。

十九中的第一届高中生（74 届）分四个班。一班班主任张家瑞老师，他是安徽宁国人，北京大学中文系 1962 届毕业生，和我在语文教研组共事多年，"文革"后也是我的入党介绍人之一，后来调到乌鲁木齐市政府当秘书长，又去创办位于石油新村的师范学校，因积劳成疾去世，将自己的青春和生命都贡献给了边疆的教育事业。二班班主任开舒昌老师，新疆大学毕业，教俄语，为人豪爽。三班班主任褚文杰老师，新疆大学毕业，在数学教师里是出类拔萃的。四班班主任原来是范世福老师，她是我们北京师范大学化学系 1965 届毕业生，后来因孩子小有拖累，让我替代她当了四班的班主任。我教三、四两个班的语文。这个年级的学生普遍基础较好，又赶上一段要努力抓教学的好时期（我还在三班上过古文的全市公开课，后来被指责为"邓小平右倾翻案逆流"），为日后做好各自岗位上的工作和进一步深造奠定了基础。据我所知，他们之中有不少人后来也从事学校教育工作，有的还担任了学校领导职务，如张晓帆（现任新疆大学副校长）、王晓燕（曾任乌鲁木齐市教委副主任、现任市文化局党组书记）、王翠英（四中副校长）、祁永萍（农大附中党支部书记）。仅三、四班毕业生后来在农大附中任教的就有李秀珍、马登元、李卫亚等。当然，毕业后与我联系最多的还是原四班的同学。他们许多都成了各自工作单位的领导和骨干，堪称有用之才。如四班班长尹明奎，主持自治区福彩中心成绩卓著，现在被任命为民政厅的副厅级干部。他的副手丁金凤（原二班团干部）也是非常出色的管理干部。又如四班学习委员顾美兰同学后来进入新疆第一汽车修理厂工作，很快成为工厂的技术骨干，在工厂的"七二一"大学学习3年后于1981年毕业，成为一名优秀的工程师与管理干部。她的爱人赖小音原来是三班的学习委员，与她同一年进"七二一"大学学习，也是第一汽车修理厂的工程师，1993年5月参加自治区首届青年学术年会，其论文获优秀论文奖，现在是乌鲁木齐公安局一名出色的微机专家。这些学生，尽管现在也都过了"知天命"之年，依然对高中时期的生活有留恋之情，只是限于篇幅，恕我不能在此一一列举他们的姓名。有一位学生，虽然没有学完两年的高中课程，我还是应该提及的，因为对当时的十九中"走向全国"起了影响——她便是最初担任四班班长的阎江荣。阎江荣是品学兼优，又有体育特长的学生。1972年4月她被选拔去参加自治区的运动会，得了跳高冠军，但耽误了两节作文课；我就让她补写了一篇谈参加比赛的文章，命题为《新的高度》。我将这篇作文推荐给《新疆日报》发表了，没有想到过了些日子，中央人民广播电台全文播发了这篇乌鲁木齐十九中的学生习作。正巧被穆文彬同志听到了，他开始还有点不相信，跑来问我；当确认是自己学校学生的习作时，感到十分高兴。后来因为自治区培养专业运动员的需要，阎江荣于1972年7月就调入了自治区体工队集训。她先训练跨栏，当年就打破了女子少年组跨栏的全国纪录；后来专攻五项全能，又一举改写过国家纪录；到成年组后，也多次在全国运动会上获得好成绩。她结束运动员生涯后，依然勤勤恳恳地在自治区体委工作。

第二、三两届高中生有许多是直接从十九中初中部升上来的，和我相处的时间更长，其中又有许多参加了学校宣传队和田径队的同学，因此我虽然因替代王华老师只当过第二届高二（4）班的班主任，但和其他班的许多同学也都比较熟悉。应该说，由于这两届学生在初中阶段的基础打得更扎实些，加上毕业后下乡劳动的时间较短，所以"文革"后一恢复高考，就有较多的同学报考大学，成为最初几届大学生，有的后来又考上研究生攻读硕、博士学位。没有机会直接考学的，后来有许多也凭着自己的努力，获得了大学文凭。下面，我介绍几位参加过田径队、宣传队和"红画笔"小组的学生。

十九中田径队的组建和训练，主要应归功于郁志高老师。他是上海人，1968年从我们北京师范大学体育系毕业后，也是意气风发地奔赴新疆工作，先在解放军学生连锻炼，后来分到十九中任教。原先十九中的体育运动成绩在全市中学里只是中下游水平，郁志高不服气，克服种种困难组织起田径队开展训练。因为我也是田径运动的爱好者，在北京师大运动会上得过跨栏名次，志高就抓住我帮他训练女队。在女队中，除了阎江荣、赵玲玲（后来到北京体院深造，曾获得北京市的手榴弹投掷冠军，现在在中国人民大学图书馆工作）是74届高中生外，其余大多是75、76两届的。我简要介绍几位：刘春娥，她着重训练400米、800米中长跑，这是最为艰苦的女子项目，而刘春娥最大的特点就是吃苦耐劳。按个头等身体素质，她并不占优势，就凭着顽强的拼搏精神，得以取得好成绩。后来，她回乡成为群众拥护的村干部，更在改革的大潮中辅佐丈夫成就名闻全疆的"北园春集团"的大业。更难得的，是她对十九中老师、同学历久不变的深厚感情。近些年多次的师生聚会，她都是出力最多的热心人。周桂玲，她从初中起就是班里的干部，学习好，也喜欢体育运动，最初跟我练跳远，后来练投掷，也以认真刻苦著称。她后来考入新疆大学，毕业后到八一农学院任教，现在已是新疆农业大学的教授。胡健，一直是性格文静、品学兼优的学生，当时个头较高，弹跳力好，就练习跳高、跳远，可惜胆子有点小，有时会在横杆前胆怯止步，成绩提高受到限制。她从小喜欢语文，字和文章都写得好。1977年报考大学时想考文科，可是他父亲是工学院的老师，坚决要她考理工类，考试前我辅导她作文，也没能说服她父亲改变主意。结果她的语文考了全疆第二名，被南开大学破格转录到中文系。她所在的那个班我1980年曾去听过课，可谓人才济济，后来出了好几位著名作家。但她毕业后还是改行从事了金融工作，现在是中国保利集团下属财务公司的副总。高中76届的欧嵘身材匀称，我就辅导她练跨栏，她兴趣很浓，意志坚韧，学习也是一贯认真刻苦，既是好队员，又是好干部。后来成了乌鲁木齐一家著名企业的领导，事业上有成功也有挫折，仍然坚持不懈。我期望她能跨越一个个障碍，实现人生的目标。和欧嵘同一个班的叶卫星，既是田径队员，又参加了宣传队，学习也很优秀，因为发展全面，老师们都很喜欢她。后来她经过在市教育学院的刻苦学习，当了外语老师，还担任过乌鲁木齐市第十二中学的副校长一职。她现在是上海交大二附中的教师，还取得了华东师大研究生班的毕业文凭。记得当时我们选拔田径队的女生有一个共同的标准，就是品学兼优，和后来只看体育特长是很不一样了。由于师生们的共同努力，十九中的体育活动开展得轰轰烈烈，仅仅用了两年时间，在全市中学生运动会上的成绩就提升到了团体总分的第三名，让一中、二中、十四中、十七中、八一中学等传统的体育强校刮目相看。

　　前面提及的第一届初中生中的侯、崔、马三位，都是十九中宣传队最早的成员，也是带队的刘镭老师最喜欢的学生。宣传队的学生中，我最熟悉的是刘伟，他在老师眼里始终是个"小调皮"，从小活泼、机灵。记得他上初中时，有一次我在语文课堂上问："今天是什么日子？"他马上回答："报告九爷，今儿是腊月三十！"把《智取威虎山》里的台词用上了，引得哄堂大笑。他高中毕业进新疆话剧团当演员，我对他说："不要满足于当一个演员，还应该争取有进一步学习的机会。"他牢牢记住了这话，再三努力，终于在1982年考进了中央戏剧学院导演系。他上学期间，我到他班里看过几次小品。1987年他毕业后留中戏任教，三年前开始担任该院导演系的副主任，成为一名教授、导演。说起刘伟，我就得提及刘伟初中时的班长李国银。当时小不点儿的刘伟最害怕这位个子比他高、常常要管教他的女班长。李国银后来考取了武汉水电学院，1987年毕业后回疆工作，现在是新疆水利厅一位出色的人事干部，大概依然是今天的刘伟看着还会发怵的大姐。从初中到高中一直和刘伟同班的谭金玲当年也是小不点儿，也是宣传队、田径队的双料队员，而且在同学中人气和人缘都是最好的。在田径队主要练200米和400米跑，也在全市中学生运动会上得过名次。她的学习一直很好，1977年恢复高考时没能考上大学，我为她遗憾；但她还是靠自己的勤奋学习和积极工作，成为一名优秀的人事干部，并在党校取得了本科文凭。当时宣传队有几位男生不仅很活跃,而且有人缘,有号召力,有凝聚力,如胡兴春、刘茂孝、史建新、周红军、员新斌、柳东升等,多年之后,虽然天南海北,仍能不断聚会,靠着他们依然人气颇旺。

当时美术老师孙长喜在学生中组织了"红画笔"小组,精心指导,也颇有成效。例如范敏燕同学,凭着学得的美术基本功,毕业后进了新疆军区话剧团,涉足化妆和布景。她成家后随丈夫转业到山东烟台,靠着自己的努力,不断进修,在中国画技法上有了长足的进步,成为一名专业画家。有一年还进京在中国美术馆举办个人画展,我专门请了冯其庸先生和《文艺报》的副主编、艺术研究院美术所的专家一同去参观,给她以鼓励。还有姜国宁同学,后来从军校毕业后,当过铁道兵,参加过老山守卫战,现在已是我军一名颇有影响的军事指挥员,曾在基层部队、军事院校和大军区等单位担任参谋工作,长期从事部队管理、教育训练作战指挥和理论研究任务,对国际战略等军队建设和作战理论颇有研究,成为一名国际军事问题专家,在军内外报刊发表和出版大量的论文、文章及专著,曾获全军学术成果一等奖。他多年来对绘画的兴趣一直历久不衰,坚持业余创作,也很有成就。还有75届高二(4)班的傅建华,她毕业后虽然没有继续发展绘画特长,但素描画训练却培养了她的细心筹划能力,她在军区边疆宾馆的工作中勤奋、耐心而又不失魄力,从基层脱颖而出,成为该宾馆的财务总监。同是宣传队和"红画笔"小组成员的李航燕同学,后来到西安音乐学院学习,毕业后出国发展。

"新三届"高中生,有的同学毕业后多年来和我保持着经常联系,如一直在有色局机关兢兢业业地从事纪律检查工作的赵黎,后

母 校

来转战到了海南做地勘工作的尹京珍，在乌鲁木齐城市规划设计院的轩学英；有的虽然基本上失去了联系，但还能时断时续地听到一点消息，如我带过的初中班班长张新长（听说在中山大学任教）、学习委员蔡红（听说是新疆石化的一名人事干部）、广播员郭晓岚（现在国外孩子家小住）；有的可能近在咫尺却杳无音信了，如很早就毕业于北京钢铁学院的吕燕玲，我回京工作后曾在京见过一面，后来再无音讯。不管是否还有联系，我相信他们都会常常回忆起在十九中风华正茂的时光。

· 博士硕士们

在我教过的十九中学生中，后来读研究生的不在少数，大概拿到博士学位的就不下 10 人。别看现在社会上戏称"博士多如牛毛"，在改革开放最初的十年间，硕士、博士都还是既少且精，十分精贵的。我写这一节，也并非鼓动现在的学生都去读研，只是为自己的学生能够继续深造，能够成为某一领域的专家，能够超越老师而感到由衷的高兴，为我们十九中能为国家提供一批优秀人才而自豪。

谁是十九中毕业生的"第一位博士"？由于缺乏更全面、准确的资料，似乎还难有定论。其中，钟江生是我最熟悉的学生。他进校读初中，第一个班主任就是我，他则是"首任"班长。他对自己要求很严，却是"耐性子"，脾气好，不大管得住班里像刘伟那样的小调皮；我就换了比较严厉的女生李国银当班长。开始钟心里还有点不服气，有一次在"斗私批修"会上讲出来，让我吃了一惊。

在高中阶段，他也一直是同学心目中的榜样。1978年初，他考入西安理工大学学习精密计量仪器专业，1984年底获硕士学位，留校当了半年教师，又考入西安交通大学机械制造学科攻读博士，1989年获工学博士学位。他任教时曾利用来京出差的机会到书局看过我，冬日，穿着一身陈旧的老羊皮袄，真像是从陕北窑洞来的老乡。后来，我和他失去了联系，听说他去了南方。2005年，我应邀到深圳参加"人文奥运高级论坛"，翻开东道主深圳职业技术学院送我的学校图录，该校"机电学院院长钟江生教授"的介绍和照片赫然入目，我马上请人通知他，他很快便带着夫人、女儿到招待所来见面。2006年底，我从港澳回来途经深圳，又应深圳职业技术学院体育部之邀做一次演讲，当时钟江生正忙着参加学校领导层会议，匆忙间只见了一面，未及细谈。现在，他担任了学校的科研处处长，重任在肩。钟江生在机械工程及精密仪器制造方面已经是成果丰硕的专家，而且还担任了国家自然科学基金的同行评议专家。我请他发来一份简历转给十九中，让母校的师生可以大致了解他的成长历程。顺便提及，他的妹妹钟英军在十九中学习时也一直很优秀，后来毕业于成都科技大学，现在是新疆水电学校的副校长。

我很早就听说原先十九中76届高中尹兆辉老师带的班中出了一位女博士——朱小亚。我的印象中她个子不高，是水文队来的学生，很聪颖。最近我跟她取得了联系，确知她1978年考上复旦大学化学系，毕业后又考上了中国科学院的硕士研究生，后来赴美国攻读博士学位，1992年获得博士学位，现在在美国的IBM公司从事计算机研究工作。她的姐姐朱莉也是十九中的学生，后来到美国获得了双硕士学位，现在也在美国工作。较早留洋的博士还有梁孙

母　校

亮同学，他初中时在李珍招老师当班主任的三班。1978年考入南京邮电学院，本科毕业后工作了两年，又考上南京工学院的硕士研究生，然后到法国攻读博士，1993年获得博士学位后到香港工作。他在港时，曾多次寻找1975年到港定居的班主任李老师未果，一直到去美国工作前，才通过新疆的同学和李老师联系上，并带老师去参观他工作的亚洲卫星公司，向她讲解地面是如何控制人造卫星的。去年李老师到美国看望儿子，梁孙亮夫妇还特地远道赶来参加李老师之子的婚礼，并驾车陪老师去看望寓居美国的刘镭老师，又穿州过省，尽兴游览。

写到十九中出来的博士，就必须提到两位出色的维吾尔族专家，他们都是我1975年带的初一学生（我当时担任初一年级组长兼5班副班主任）。一位是5班的热娜，她开始担任班里红卫兵的分队长和英语课代表，后来当过学习委员，给我最深的印象是写字、作文尤其认真，一丝不苟，身体瘦弱却很有毅力，小小年纪承担了繁重的家务，到学校仍是做什么都不甘落后。她1980年考取新疆医学院，本科四年毕业后留校任教，应该说还算顺畅，可她并不满足，当了10年教师后，又于1994年3月带着年幼的孩子到日本富山医科药科大学连续攻读硕士、博士学位。日本高校对博士论文要求极严，对中国留学生更近于苛刻，热娜的艰辛可想而知。她以自己的才智和毅力，短短4年就取得了博士学位，成为在日中国留学生里的佼佼者。现在，她是新疆医科大学药学院院长、博士生导师，当选为第十一届全国人大代表。去年在京参加两会期间，适逢三八妇女节，我在央视的《新闻联播》中看到她代表全国各族妇女向胡锦涛总书记敬献花帽，说了一段非常得体的话。事后，她打电话问我：

"我的语文表达没有问题吧？"我当然为她感到骄傲。说到语文，我还想起另一位维吾尔族学生木拉提，他也是那一届的初中生，也来自新疆工学院，是崔健老师带的4班的学生。我当时在全年级搞了一次汉语语文知识竞赛，获得全年级第一名的就是木拉提，使得许多汉族学生都十分钦佩。他后来考上中国科技大学，又到欧洲攻读博士学位，30岁左右就成为苏黎世国际核物理研究院的一名博士后研究员，为国家和民族争得了光荣。木拉提的哥哥热西提是李珍招老师所带三班的学生，也很优秀。他的妹妹热衣汗（未在十九中上学）于中国社会科学院硕士研究生毕业后曾去法国攻读博士学位，成为非常优秀的从事比较文学与语言学的研究专家，也活跃在中外文化交流的行列。十九中培养的少数民族优秀学生不在少数，如长期在新疆日报社从事图片摄影与编辑的早力克太，在新疆畜牧厅的高级园艺师金花，也都是蒙古族专家中名闻遐迩的人才。

前面提到的张晓帆兄妹三人都曾是十九中的学生。哥哥张桅顶当时是学校的篮球队员，后来是新疆大学的干部；妹妹张晓宇现在也是新疆大学研究生院的干部。晓帆高中毕业后下乡到呼图壁务农一年多，进了有色地质704队当工人，1976年进长春地质学院学习，1980年毕业后回704队做了两年的助理工程师，1982年考上新疆工学院攻读硕士学位，1984年留院任教，经过10年努力，1995年成为一名教授，担任了工学院的领导职务，2000年调任新疆大学副校长至今。他主持了若干项国家、省部级科研项目，获得一、二、三等奖，可谓硕果累累，为我国西部地区大开发和技术进步贡献不小。最近，我也请他发来一份简历，转给母校参看。

青出于蓝胜于蓝，长江后浪推前浪。乌鲁木齐第十九中学的学

母 校

生,是值得我们这些耕耘者自豪和骄傲的,也是写不胜写的,我这里所记,只是一个短短的开篇,更光辉、更丰富的内容要大家来书写。我在十九中工作只有不到10年的时间,但那却是我一段常怀念、最难忘的时光。在十九中勤勤恳恳工作的老师,还有后来我在市教育学院共事过的老师们,多年来从内地高校志愿到边疆为教育事业贡献了青春的教师们,都值得我们来大书特书,值得我们尊敬。我希望有机会也能写写他们的事迹。我们回忆十九中的过去,是为了激励现今,展望将来。我自己读了6年中学的母校——杭州高级中学,这几天将庆贺她110周年的校庆,那是一所产生过鲁迅、沈钧儒、陈叔通、马叙伦、郁达夫、朱自清、叶圣陶、李叔同、徐志摩、丰子恺等许多文化巨人和徐匡迪等几十位院士的名校。相比十九中,她是一位老者,也正在勃发生机。我以为,无论老、中、青,都要焕发青春;无论名校与否,都是传播知识、传承文化、培养人才的重要园地。我期盼着十九中能为国家培育更多更出色的建设人才,愿意为此继续贡献我的微薄之力。

(2009年5月16日于北京)

补记:在至今仍和我有联系的学生中,74届高中(4)班顾明同学于2003年在新疆当选为第十届全国人大代表;钟江生同学于2014年被派到江西吉安创办一所新的职业技术学院,担任首任院长;姜国宁同学于2012年晋升为少将军衔;张晓帆同学则于2012年冬辞去新疆农大副校长后应聘担任海航集

团教育委员会职务。刘伟同学于 2015 年 6 月评定为中央戏剧学院博士生导师。（2015 年夏）

作为自治区的十佳共产党员，热娜于 2017 年 5 月被提拔担任新疆医科大学副校长，工作辛劳，导致所患癌症转移至肝部，仍坚持工作，不幸于 2018 年 4 月英年早逝，十分痛惜！（2018 年夏）

母　校

【四】
佚名：柴老师和他的学生

　　临高考前的一个星期天上午，我去学校请柴老师帮我修改一篇作文。

　　柴老师是一位深受学生尊敬的桃李满天下的好园丁。那还是我刚上初一的那年在一次表彰先进教师的全校大会上，介绍柴老师的先进事迹的发言中有这样一段话："柴老师在北京师范大学毕业前夕，主动申请来边疆工作。当他的申请被批准后，他在自己的日记中写道：'我要像天山上的雪莲花那样不畏严寒风雪，党把自己这颗种子播在了天山，自己就要在那里生根、开花、结果……'" "果"字音未落，台下便响起了一阵热烈的掌声。从此柴老师就在我心目中留下了深刻的印象。

　　柴老师身体不算好，面颊瘦削，只有那双有神的目光使人感到他是个精力充沛、知识渊博、诲人不倦的人。特别是当你听到那生动精湛的语文课时，当你看到他在劳动中和同学们一样挥汗如雨时，当你听到他在联欢会上的独唱时，当你在运动会上看到他曾经辅导过的学生打破了跳高纪录时，当你望见他宿舍里的灯光总是深夜通明时，那你就更不会相信他是个常年受着气管炎、关节炎等疾病折磨的患者了。

当我从柴老师那里得到了知识的力量，愉快地走出校门时，迎面来了一位女青年，她看见了我便朝我走来，LM！我认出了她。她笑着问我："刚从学校出来吗？"即又问："复习紧张吧？"我回答说："一天总觉得时间不够用，没有你们第一批高中生底子厚，我心里还是没底儿。你这次也准备高考吧？"她满有信心地回答说："我准备考北京师范大学，噢，我得去柴老师那儿，再见！"我望着她那远去的背影，不禁回想了一段往事：LM，是柴老师那个班里全面发展特别是语文课拔尖的高才生。她在柴老师的精心培养下，曾在全市文艺会演诗歌创作朗诵会上得到最佳奖，她的《接班人之歌》经过柴老师的画龙点睛已在学生中广为流传。在那所谓"右倾回潮"的年代里，谁不说LM这棵幼苗碰上了好园丁。柴老师来到天山脚下算是刚刚实现了园丁的心愿，可是万恶的"四人帮"为了造成青年的愚昧无知，妄图乱中夺权，他们要青年人不读书不学习，鼓吹头上长角，身上长刺，交了白卷才算英雄，制造混乱，毒化师生关系，一股寒流，把一座刚看见春意的校园搞得乌烟瘴气，LM就是这场寒流的受害者，她被按上角，装上刺，也向她的老师"反潮流"了。校园里出现了同学们写的大字报。有一张大字报的内容是批柴老师引导同学钻研文化知识，毒害青年走五分加绵羊的修正主义道路。当我看到署名时，大吃一惊，写这张大字报的人竟是LM！这张长长的大字报，活似一个中篇小说，尖刻的笔刃处处点着柴老师的名字，把他写成一个提倡抓教学一心要把青年引上"邪路"的典型。怎么？柴老师在给我们上团课时不是也讲过要德、智、

母　校

体全面发展吗？

从那以后，柴老师那吸引人的公开课被取消了，同学们也不敢去找柴老师请教了。LM 就是这样从学校毕业，"四人帮"把老师和学生这样分开了。"四人帮"垮台后，辛勤的园丁得到了解放，在以华主席为首的党中央正确路线指引下，同学们明辨了是非，校园里又出了新气象。柴老师在大会上激动地说："'四人帮'妄图毁掉革命的后代，我们要用自己的汗水浇灌祖国的幼苗，使他们成为国家的栋梁。"他仍是不知疲倦地工作着，尤其是高考临近了，他更是加班加点，课上给同学复习，课余还给大家改作文，他在同学的心目中威信比以前更高了。……"嘀嘀"，一阵急促的汽车喇叭声打断了我的思绪，但心里却又浮起了一个疑团："LM 怎么好意思再去找柴老师？"

第二天我一进校门正巧碰上了一位和 LM 要好的同学，我连忙同她打招呼，惊奇地提起见到 LM 的事。只见她咯咯笑了起来，"我还以为是什么大事呢，原来是这个，人家认识到了以前的错误，主动找柴老师道歉了，柴老师并没有生她的气，还像以前那样热情地辅导她，昨天来已经不是头一次了。"听了她的话，我恍然大悟，是啊，革命师生之间的一道墙是"四人帮"造成的，现在"四人帮"倒了，经过深揭猛批，墙非垮不可了。

是啊！撒在边疆的种子没有园丁的辛勤浇灌，开不出名贵的雪莲花，有了柴老师这样的好园丁，知错必改的 LM 是最有希望被择优录取到北师大文学系的。在这次高考中，柴老师的辛勤劳动，必然在天山的雪线上盛开出更多的雪莲之花。

（乌鲁木齐十九中学一位高中毕业生写于1977年恢复高考前）

【五】
柴剑虹：咱们心连心——十九中宣传队纪念册代序

乌鲁木齐市第十九中学的文艺宣传队成立自20世纪70年代初，至今已届不惑之年。现在，当年的队员们正积极筹备着编一本纪念册，让我写一篇序置于书前。我就此谈点自己真切的回忆与感受，作为"代序"与大家分享。

40多年前，"文革"已经不那么"如火如荼"了，响应伟大领袖"要复课闹革命"的号召，我所在的乌鲁木齐市半工半读师范学校奉命与其他几所学校合建第十九中学，其实当时已经招收了一批初中学生。于是，1970年底大雪纷飞之时，我们师生从毗邻友好商场（当时改称"反修商场"）的原校址出发，在冰天雪地里拖着课桌椅搬进了位于老满城的煤校旧址。当时，学生除了上文化课外，还有"学工、学农、学军"的任务。学校头两年师生采取班、排、连建制，如第一届初中班为一连各排，教员组织了教工民兵班，学生有红卫兵团，学校成立革委会，实际上由进驻学校的军宣队、工宣队和"掺沙子"进来的复员军人及已经被"解放"的学校原领导组成。我虽然也当过学生"连长"（年级组长）、红卫兵"团长"，在当时的

母　校

工宣队眼中，依然是既要讲课、带学生劳动，又得随时接受审查的"臭老九"。尽管如此，教师的天职，让我们这些带着理想来边疆的青年教师尽心竭力地摒弃私念、克服困难，在"教学相长"的过程中与更年轻的学生建立起了纯真的友谊。"学生以学为主，兼学别样"，我们对"最高指示"的理解是要尽量让学生多学习些文化知识和各种技能，得到德、智、体的全面发展。因此，除了课堂教学外，各种课外活动也逐渐开展起来。

十九中的文艺宣传队（全称是"毛泽东思想文艺宣传队"，全国统一，毫无例外）成立最早，排练演出活动也很频繁。之后，又成立了学校田径运动队、"红画笔"小组、校办工厂等。宣传队成立时，教音乐的刘镭老师也曾希望我做些协助工作，因为我和当时进入宣传队的二连学生马海滨、崔建华、侯莉新等都比较熟悉，但是当时宣传队跳舞多，我实在缺乏"舞蹈细胞"与兴致，加上教语文课任务重，不便经常外出演出，所以就推辞了；后来则因体育老师、北师大校友郁志高的动员和自己的兴趣，担任了田径队女队的教练。当时并没有"文体特长生"这一说，我们挑选队员、组员的基本标准是"品学兼优"，因为参加排练、演出、训练、比赛、绘画等，肯定要占用不少时间和精力，如果只讲特长、爱好，恐怕会影响文化知识的学习，就违背了我们的宗旨。这样，有一些同学就身兼宣传队、田径队"二职"，舞台上、运动场上都出现了他们的身影，同时又都保证了优良的学习成绩。这是最让我感到欣慰的。我带过几个年级的课，加上个人爱"管闲事"的性格，我和宣传队的许多同学都保持了比较密切的联系。例如当时的"小不点儿"刘伟，初中时就在我带的班上，几乎每一次的"调皮捣蛋"都表现出他的文艺"天分"，就让他到宣传队充分发挥。说实话，他在宣传队表现如何，我不很清楚。只记得他高中毕业时，要进入自治区话剧团当演员，我在教工宿舍楼下跟他讲："你不要只满足当个演员，要争取继续学习深造的机会。"他记住了这句话，没有懈怠，恢复高考后终于进入中央戏剧学院导演系学习，毕业留校任教至今。虽然不久前他当上了博士生导师，其中甘苦应当自知。记得当时女生中的"小不点儿"有李萍、邹建华、陆卫华、谭金玲、叶卫星等，也都是聪颖有灵气、班里学习拔尖的好苗子，常得到老师们的夸奖。有些队员没有机会上高中学习，并非学习成绩的原因，但是仍然在下乡锻炼和各工作岗位上坚持理想，追寻梦想，发挥特长与爱好，实现自己的人生价值。如郭子莲同学，10年前，当1975届高中生毕业30年聚会，请她带着自己的演出队伍来表演时，我十分惊叹她经过多年的磨炼，技艺精湛，不仅成为吹拉弹唱、能歌善舞的多面手，而且也显示出出色的组织管理才能。

宣传队员离开学校后的发展，是否和他们在宣传队的经历有关，我不好下结论，但是据我所知，因为他们的品学兼优，文艺、体育的专长在一个人的成长过程中肯定会起到"加分助长"的作用。因为文化艺术修养必然会"融化在血液中"，体现在思想中、行动上，这是符合时代进步对"人"的基本素质发展要求的。例如周红军、胡新春、乔礼仪、刘茂孝、史建新等几位同学当时不仅都是班干部，还是宣传队中的骨干，由于不属于同一年级或同班，还起到了联结各年级、各班同学的纽带作用，即便在毕业离校之后的几十年中，也起到凝聚人气、团结队友的作用。这样，对他们在各自工作岗位上所做出的业绩、贡献，也就完全可以理解了。因采访延安根据地

母 校

而出了名的美国记者埃德加·斯诺在《我在旧中国三十年》一书中写道："当你幸运地到达回顾前尘影事的时候，你就晓得，漫长的生活并不按岁数来衡量，而看度过几种生活来估算。只有在回顾往事的时候，你才看出一种生活在那个时候悄悄过去，而另一种生活又在那个时候开始。"我相信，宣传队员们离校后几十年间一定各有自己的"另一种生活"；但是，他们的心中一定还珍藏着在宣传队的生活。这些年来队员们频繁的聚会就是明证。

据我了解，近些年来十九中同学的各种聚会中，老宣传队员的相聚是最多的，形式和内容也是最丰富多彩的。若干年前我就参加过他们在郊区举行的一次篝火晚会，自始至终洋溢着热烈的气氛，让我感受到浓浓深情。今年夏天，我和朱和生老师又参加了他们在南山鹰沟举办的郊游活动，在蓝天白云下的林间草地上，在欢宴的茶香酒酣之时，听着他们高亢悦耳的歌声，看着他们婀娜婉转的舞姿，大家都在青春的旋律中回到了那花季华年，连我这年届古稀之人也仿佛年轻了几十岁……当然，在一次次的相聚中，除了歌舞盛宴，更多的还是畅叙离情别意，回顾当年的演出，回味愈久益浓的同窗之情。嘘寒问暖，家庭事业，身体心境，彼此关切，互相鼓励，依然还是"同一条战壕里的战友"。

诚然，"身经百战"的队友们都已经过了"知天命"的年龄，有些正待迈进"耳顺"之年。于是，在鹰沟牧场的大帐篷里，同学们让我再讲一次课，我就谈了对"耳顺"的理解，希望经过"文革"风暴、改革开放洗礼，经历了各种生活的"疆二代"，能够以宽容坦荡大度之心去听、去分辨各种声音，坚定理想、坚守真理，坚信祖国边陲的团结稳定、繁荣富强。自己如此，家人如此，朋友也如此，周围的人都如此,和谐安定,高高兴兴、健健康康地过好每一天。我想,这也正是宣传队老队员们愿意担负的新使命。我不禁又想起了过去大家经常唱的两句歌词:"天山青松根连根,各族人民心连心。"心相连,情更深。这次大家齐心合力编写这本纪念册,不仅可以用文字与图片的形式留下珍贵的记忆,而且也是为了加深与发展几十年的队友情谊。咱们心连心,心相印,高唱凯歌向前进!

(2015年9月10日第31个教师节于北京)

母校

【六】
柴剑虹：听戈宝权谈《阿凡提的故事》

  2018年5月15日，是著名翻译家、外国文学研究专家戈宝权先生（1913年2月15日—2000年5月15日）逝世18周年的忌日。记得1965年冬我们北师大中文系4611班的师生到京郊延庆的中学实习，我被安排在康庄中学，很巧戈宝权先生带着外文所的一些研究人员搞科研试点，也住在该中学，我就苏俄文学现状请教戈先生，他不仅非常热情地介绍相关动态，而且回城后用隽秀的小字亲笔抄写了他新翻译的几首诗歌寄给我参考。我正准备写信向他表示感谢和继续求教，如火如荼的"文革"开始，未能再通音问。后来，我在新疆工作10年后，于1978年考回母校读研。1981年3月19日，戈宝权先生到北师大文科楼为师大文科及社科院部分研究生讲《阿凡提的故事》，不但让我再一次领略了他的学者风范，也对通过丝绸之路传播甚广的这个民间文学作品有了更多的了解。27年过去了，戈老当时讲课的情景依然常在我的脑海中浮现。为纪念这位为中外文化交流作出杰出贡献的前辈，最近我找出了当时的听课笔记，略做整理过录如下：

一、阿凡提其名其人

苏联在 20 世纪 30 年代出版了《霍加·纳斯尔丁笑话》，我就很感兴趣。在我国，50 年代也已引起大家注意了，当时还曾开展过一场争论。我在 1960 年写了《关于阿凡提及阿凡提的故事》，想就几个搞不清的问题讲清楚，即：有无阿凡提此人？他是什么人？阿凡提故事的世界影响，等等。我曾经通过俄文翻译了土耳其的《霍加·纳斯尔丁》，很可惜这个译本没有出版。粉碎"四人帮"后，新疆的克里木·霍加写了新的阿凡提故事。这一年来，阿凡提上了动画片、故事片、电视片以及歌剧等等，掀起了一个"阿凡提热"。可见，阿凡提还活着，他还活在我们中间。我认为，阿凡提带有世界意义。

1. 阿凡提的名字。对阿凡提，外国有各种称呼，有的叫霍加，有的叫纳斯连丁，或纳斯尔丁、纳斯连丁·霍加。其实，"阿凡提"是个称号，不是姓，而是一个尊称，即"先生"，或用以称呼有学问之人；或称"毛拉"。他本人名字叫纳斯连丁，是从突厥语来的，即"真主的恩宠"之意。在土耳其又名穆阿丹，到高加索、阿塞拜疆，称"毛拉·纳斯连丁"，塔吉克称"毛拉·莫希菲基"，哈萨克叫"阿尔塔尔"，鞑靼人称"阿赫迈得·阿卡依"。在我国新疆叫"纳斯尔丁·阿凡提蓝提凡"（Lantifan，突厥语意为笑话），即"阿凡提的笑话"。

2. 究竟有没有阿凡提此人？我注意中外文学作品的关系问题，其中即有民间文学的交流问题，如《灰姑娘故事》与我国《酉阳杂俎》中有的故事的关系。阿凡提故事是从中近东经丝绸之路流传进来，在我国新疆新的土壤上发展起来的。外国学者经过研究，认为历史上确有其人，本是土耳其人。如捷克1976年编的百科全书上有一条目，苏联1975年的文学百科中也有这一条目。大约是在19世纪80年代，土耳其有一位学者名叫穆夫提·哈桑，他研究出13世纪时土耳其西南部希甫里希萨尔城附近的霍尔托村有一个霍加·纳斯连丁，其父亲是一位伊玛目（领拜人），他后来也当了伊玛目，属于伊斯兰教的苏菲派。他讲了许多笑话。根据土耳其的考古，在阿克谢希尔找到了他的坟墓。考证出他生于回历605年（1208—1209），死在阿克谢希尔，死于回历683年（1284—1285）。这是一个充满幽默的人。阿克谢希尔每年有一个"纳斯连丁节"。因为他倒着骑毛驴，其墓碑上卒年反着写386，译为阿拉伯字母，意为"我看见了"。因此眼睛有病的人要用他坟上的灰土擦眼睛。13世纪时蒙古人越经土耳其时，当地有一位英雄战士叫纳斯连丁·穆罕默德，领导人民起来反抗入侵者。因此又有许多故事是讽刺铁木尔的。而实际上他们二人相隔了一个世纪。是否可以这样讲：曾经有纳斯连丁这样一个人，但是经过六七个世纪的流传、演变，成了目前的阿凡提故事。现在许多国家都讲阿凡提生活在自己国家的某地，如苏联的塔吉克人说在列宁纳巴德（原地名为霍真特），乌兹别克人说在布哈拉，而我国新疆维吾尔人则说阿凡提是自己民族的智慧人物。

3. 阿凡提故事的流传过程。外国宫廷中有专讲笑话的人。据说在10世纪，阿拉伯国家有一位有名的说笑话者名叫朱哈，他讲的笑话后来一直流传到地中海国家，以至意大利；又流传到土耳其，而当地本来已流传着阿凡提的笑话，后来就混而为一。因而，当阿凡提的故事从土耳其文译成阿拉伯文时，就取了一个名字叫《鲁米利亚的朱哈》，即"小亚细亚的朱哈"，故事就混淆起来了，往东再流传到新疆。这与丝绸之路有密切的关系。

民间文学有世界的共同性，也有不同的特点。我们进行比较研究，可以发现很多有趣的事情。如土耳其文的阿凡提故事有97个"基本的故事"，第1个故事《阿凡提讲道》与《互相问问》、第21个故事《明天就是世界末日来临》与《还要外套干什么》、第26个故事《锅死掉了》与《锅生了个儿子》、第89个故事《霍加与帖木儿打猎遇雨》与《一匹老马》几乎一样，等等。经过7个世纪的范围极广的流传（基本是口传），肯定会有所变化，加上了地方色彩。

二、阿凡提故事的当代传播

阿凡提故事在当代流传更广了。如土耳其1966、1968、1973年都出版过新的阿凡提故事集，所收多达475个故事。德国1911年已有阿凡提故事译本；英国1964、1966年已有译本，最近又出版了三部阿凡提故事；法国有1958、1962、1975年版译本；美国有1960、1965年译本；苏联1936、1959年所出的译本，据说从原有一千多个故事选译了近500个；日本1965年从土耳其文翻译，已出了四版。美国有一个协会，研究高能物理，1965年1月出版一本高能物理书，封面却印了阿凡提倒骑在毛驴上的图（土耳其伊斯坦布尔博物馆就有这样一幅画），

母　校

而且书中收了几十个阿凡提故事，书的扉页印着"霍加·纳斯连丁骑毛驴的方法"。国外也有许多学者在研究阿凡提，出了不少研究著作，有的还写成了小说。如苏联作家萨拉维耶夫写了两部中篇小说《霍加·纳斯连丁在布哈拉》《霍加·纳斯连丁的奇遇》，都拍成了电影《游侠奇传》；作家尤格斯拉夫写了小说《霍加·纳斯连丁在伊斯坦布尔》。外国辞书上也对此纷纷作了介绍。

据我查找，我国最早介绍阿凡提故事的，是李元枚选译的《纳斯尔丁·阿凡提的故事》（10则），刊登在1955年7月号的《民间文学》杂志上。所知国内出版的同类故事单印本，则以赵世杰先生编译的《阿凡提的故事》（上海文化出版社，1958年）最早，接着，新疆人民出版社、中国少年儿童出版社等也都推出了译本。（新疆人民出版社于1963年出版了由穆罕默德·伊明等编译的《纳斯尔丁·阿凡提的故事》，可叹的是1966年6月"文革"伊始，在新疆首先将批判"大毒草"的矛头指向了这个作品。）就在戈宝权先生给我们讲课之后的1981年12月，中国民间文艺出版社印行了他主编的《阿凡提的故事》，收故事393则。他讲课时提到"很可惜没有出版"的通过俄文翻译的《纳斯列丁的笑话：土耳其的阿凡提的故事》，则在1983年也由中国民间文艺出版社出版印行。三十多年来，全国已相继有数十家出版社出版过不同版本的《阿凡提的故事》，最近的则有2017年外文局旗下朝华出版社2017年5月署名"弘智主编"的版本，副标题为"骑着毛驴笑遍世界的智慧故事"。该书的维吾尔文本则有哈吉·艾海买提的编译本（新疆人民出版社，

1980年）、艾克拜尔·吾拉木所著的分册本和《阿凡提笑话大全》（新疆青少年出版社，2006年）等多个版本。其藏文本则在1985年由青海民族出版社首印，后又重印了多次。其他还有蒙文、哈萨克文、朝鲜文等译本。

戈老亦为用其他文艺形式传播阿凡提故事及对外交流、推广做出了贡献。2015年1月5日，上海《文汇读书周报》曾发表外文局资深编审杨淑心回忆著名翻译家杨宪益先生的文章《老杨——扶我上马的人》，文中提及：

> 1979年底，上海美术电影制片厂摄制的彩色宽银幕木偶片《阿凡提》在全国公映，受到观众好评。我向编委会建议，以英法文版对国外读者介绍，得到了编委会的同意。请谁来撰写这篇文章呢？老杨推荐戈宝权先生。我上中学时，曾读过戈先生译的普希金童话诗《渔夫和金鱼的故事》。在大学里，有的同学还戏称他为"老渔夫"呢。老杨微笑着说："戈老对比较民间文学也很有研究，曾发表过论文《谈阿凡提和阿凡提的故事》。"

1980年初春的某一天，杨淑心拜访了戈宝权先生。不久，戈宝权先生撰写的《阿凡提上了银幕》一文，在《中国文学》1980年第七期刊登，受到了广大读者和电影观众的好评。现在，以阿凡提为主人公的各类影视片已经成为国内外观众喜闻乐见的作品了。记得1981年我在北京民族文化宫剧场观看根据阿凡提故事编演的李光羲主演的歌剧《第一百个新娘》时，观众的反响是极为热烈的。人民音乐出版社很快就印行了该剧的连环画册。阿凡提的智慧故事还

母　校

收入了小学语文课本。

  我第一次在京郊康庄中学见到戈宝权先生时，他正值壮年，也已经是一位为中苏文化交流做出了杰出贡献的学者和外交家；1981年他为我们研究生讲课时，虽已年近古稀，仍然风度翩翩，热情依旧，初衷未变，壮心不已。这样的人，将永远活在他的作品里，活在人们的记忆中。

（2018年5月）

【七】
伤 逝

从几年前新冠病毒开始在世界范围内肆虐至今，对全人类造成的祸害与伤痛已无需我在此赘述。虽然生老病死乃自然规律，但近年来与母校相关师友的生离死别却刻骨铭心，故撰此小文附录于《母校》新版，以寄托"伤逝"之感与忆念之情。

2023年1月5日，杭一中原高中班老同学毛昭晔发微信告知他大哥毛昭晰因病逝世噩耗，不胜痛悼。昭晰先生不仅是著名的史学家，更是将一生心血无私奉献给发掘、研究和保护历史文化遗产的功勋人物。在他担任浙江省文化厅副厅长、省文物局局长期间，依然坚持继续以教授身份在杭州大学、浙江大学教学育人。2003年2月28日，他在担任第九届全国人大常委会委员的最后一天，将夙兴夜寐书写、有常沙娜等45位常委签名的长信递交国家领导人，有力推动了著名的东周王城遗址的文物保护工作。2009年，他被文化部、国家文物局授予"中国文物、博物馆事业杰出人物"的荣誉称号。他也是以耿直性格闻名学界的"杭铁头"。我曾经和他一道参加过几次与弘扬敦煌文化遗产相关的会议，他不怕得罪人的爽直

母　校

发言震撼会场，也使包括我在内的许多人受到难得的发扬正气、坚持真理的教育。他的离世，文化界群情悲泣，报刊、网络发表了大量的悼念文章。为此，我与昭晔学兄共同策划，提议浙大出版社编辑毛昭晰先生纪念文集，目前正在实施之中，期盼一切顺利，庶几可慰同道学人之心。

2023年3月底，网络播发一则讣告："中国共产党的优秀党员，北京首都创业集团有限公司原党组书记、董事长林豹同志，因病医治无效，于2023年3月30日6时7分逝世，享年81岁。兹定于2023年4月3日（周一）上午7时，在北京八宝山殡仪馆兰厅举行林豹同志遗体告别仪式。"噩耗传来，我们杭一中高三（2）班的老同学颇感突然，痛悼不已。因为林豹学兄2002年10月31日工作途中遭遇车祸后在家疗养多年，尽管行动不便，但并无重疾缠身，精神状态一直很好，2010年10月返杭探亲时还特地与老同学们在西湖边大华饭店畅叙；2013年由人民日报社出版了根据他口述撰写的回忆录《永远的微笑》，我们都有幸捧读该书。2010年林豹返京前夕，同班老同学黄德厚教授发一则诗歌短信赞颂林豹，谨引述其中四句以寄托我的崇敬与怀念之情："龙虎何惧小虫叮，几多劫难终无恙。阳光笑脸面世界，笑到最后总吉祥。"

2022年秋冬之际，是新冠防疫措施从严紧至宽松的日子，未料想11月14日，北师大中文系4611班学姐宋曦业从海南五指山发来彭瑞情学兄于当日不幸去世的噩耗，学友们不胜痛悼。就在10天前，瑞情学兄还从琼岛寓所发来他的新诗到微信群中："南圣河湾四季春，八旬老叟日销魂。时时醉赏夕阳美，不觉大山早已昏。"我在悲痛之中，即步彭兄所吟七言之韵以小诗一首为悼："同窗厚谊六十春,驾鹤琼崖惊弟魂。夕阳一抹无限美,瑞岭巍然情未昏。"我遵曦业之嘱将学友们的唁函悼词辑录成一电子文件发到4611微信群中,留作念想。彭兄长我4岁,本科毕业后先在河北保定市二中任教,1974年起到北京语言大学从事对外汉语教学,1989年获北京市高等教育局优秀教学成果奖;退休前先后被派往墨西哥国立自治大学、泰国兰实大学从事汉语教学工作7年。他善撰写诗词,其中一首《八十抒怀》表明了一生心志:"生于子夜吼饥寒,长在明时斗苦艰。决意辛勤跟党走,终能皓首见龙盘。虽无四海珍珠宝,却有五洲桃李妍。老叟今朝迎八秩,阖家把酒笑开颜。"彭兄千古!

王宪达先生是1961年到浙江招生、决断将我录取到北京师大中文系的老师,决定了我大半生的专业方向,使我一直心存感念。他多年负责系办公室的行政事务,勤恳辛劳,质朴和蔼,和同学们结成了纯真的师生之谊。受4611班同学之托,我与陈德荣学兄等于2021年春编印了《悠悠六十春 同窗情谊深》纪念册,册中收有两张王老师和同学们的合影。2022年3月11日,我到北太平庄师大家属院给邓魁英先生、王宪达老师送纪念册。敲开王老师家门,得知王老师近日因腿摔伤,刚去医院治疗,未能见到他本人。当时我还跟他家人讲期待新冠疫情过后再来看望王老师,不料就在岁尾的12月16日,收到于天池学友转发来王宪达老师因病去世的讣告,悲悼之际,也为失去了最后一次见面问候的机会,不禁怅然潸然。

悲剧仍在延续,后面是王老师去世后仅一周(12月22日)我的一则日记:"今日冬至。上午惊悉张传亭学友于今晨6时在安徽阜阳病逝的噩耗,不胜悲悼。他前天还在启功研究会群里发了新写的书作,据他原1970届同班同学说,昨天下午抗原测得新冠病毒

母 校

阳性，发低烧 37.5 度，服药退烧，结果半夜胸闷，清晨去世，真令人难以接受啊！我原先还曾建议他将忆念启功先生教诲指导他的文章编集出版，岂料竟与我们天人两隔！"传亭 1965 年考入母校师大中文系，低我四届，却在 1967 年春我们等待毕业分配时因仗义执言受迫害而感动全系；他也因"祸"得福——在"监督劳动"中受启功先生亲授书法，成为卓有成就的书法家。工作后，他作为一名优秀的共产党员，曾担任阜阳颍东区党委宣传部副部长、颍东区政协委员，也担任阜阳市书协副主席兼党委副书记，书法作品为众多书法爱好者鉴赏。虽然由启功先生亲笔题签的《张传亭书法选》已经印行出版，但我提议他将记述恩师启功先生教导他学书做人的文章结集出版一事，似还未及安排，实在是一大憾事。

2023 年 1 月 19 日，我接到刚从新疆回到沈阳的小璐发来微信，讲她母亲郭蓉的新冠肺炎病情已略有好转，颇为宽慰，因为几天前郭蓉曾亲自发微信给我，讲她感染新冠，病情较重，到鬼门关走了一遭，到医院打针治疗后，总算可以在家过春节了。于是我在微信中发了启功先生书写的《心经》电子文本为她祈福；岂料刚过 10 天，郭蓉就不幸与世长辞了！她是 1965 年沈阳高中毕业后响应号召进入乌鲁木齐市半工半读师范继续求学的，我 1968 年 6 月分配到该校工作时，她尚未正式分配离校。因性格开朗，为人友善，不久成为我的挚友；后来进入离我任教的市十九中学不远的天山汽车修理厂工作。她父亲郭熙和祖籍浙江绍兴，生于北京，是著名画家王雪涛的入室弟子，也是启功先生的友人（我当时并不知道），当时在沈阳鲁迅美术学院任教。我和郭蓉交往时，熙和先生还篆刻了我的名章与藏书印章赠我。2022 年夏天，我回到乌鲁木齐，在新疆农大家属院住了近两个月，因疫情防控每日做核酸检测，又被封闭居室一个月不能外出，不知道当时她和夫君也从沈阳回乌市居住。友人未能再见面，就已天人永隔，岂不悲哉！回首我们相交半个多世纪的历历往事，思绪万千，并再发启功先生所书《心经》文本为她送行，又撰吟一首歌行小诗寄托伤逝之情，兹录末尾数句："可叹去夏同在天山脚下近咫尺，防疫封城未能互通音讯再探望！噫吁唏！世事多灾多难又无常，心无挂碍无恐怖远离颠倒梦想。而今郭君驾鹤飞仙去，天上人间两茫茫。惟盼一路平顺登彼岸，无痛无苦十吉祥！"

悲伤事接二连三。就在 2022 年年终，曾任四川师大文学院首任院长的读研时师兄万光治发微信说他们全家都感染新冠病毒"阳"了，他一人幸免为之庆幸。可临近春节，一向活跃的老万却没有了音信，我发微信也不见回复，于是赶紧在 2 月 4 日发微信询问重庆的熊宪光师兄。不料宪光发来噩耗：万兄已于当晚 8 时 46 分因新冠肺炎不治去世！呜呼哀哉！我于当晚即赶紧通知林邦钧学兄等其他几位研究生同窗。第二天接到四川师大所发讣告后，便联系川师大汤君教授送花圈、拟挽联事宜，于下午基本落实。赵仁珪学兄代表大家拟撰了 116 字长挽联，被告知成都殡仪馆只能用电子屏幕滚动播映这长联，我又根据川师方面要求浓缩为如下挽联："育栋培英结丰硕成果，才高学富系赤诚名流。"万兄曾先后被聘任为四川省人民政府参事、四川省人民政府文史研究馆馆员。2 月 8 日在成都举行他的告别仪式颇为隆重，可惜因防疫规定，我们已无法身赴蓉城为他送行，只能在心中为他祈祷，祝他一路走好！万兄是辞赋专家，晚年组建四川师大民歌研究所，带领团队跋山涉水，深入民间，历时 13 年，采录、整理了四川 181 个区县 3000 多首各民族原生态

母 校

民歌,相继出版了《羌山采风录》《四川民歌采风录》《田野活态文献考察与研究》《四川民歌论集》。他去世两个月后,四川师大文学院举行了"采风与治赋:对传统学术的新探寻——缅怀万光治先生三人谈"学术活动,高度赞扬了他的学术贡献;活动以观看《万光治先生的艺术人生与人生艺术》的视频作结,报告厅大荧屏传出光治兄的爽朗面容和动情歌声,让大家再次感受到了他的豁达与才情。是的,疾病夺去了万兄的生命,但夺不走他的精神,他搜集整理的民歌也一定会在世间传扬长存!

近年来新冠等疾病夺走了众多学界师友,除上述几位外,还有我熟识的霍旭初研究员、徐文堪编审、冯天瑜教授、刘宗汉编审等。他们的离世,是中国文化学术界无可挽回的损失。我含悲撰此伤逝短文,诚然不仅是为了怀人忆旧,也是希冀有更多的学界同仁能踏着先行者的足迹继续奋进。

(2023 年 6 月 25 日改定)